Walter W. Braun

Sabotage im Weinberg

Tatort Durbach in der Ortenau

Bibliografische Information der Deutschen Nationalbibliothek: Die Deutsche Nationalbibliothek verzeichnet diese Publikation in der Deutschen Nationalbibliografie; detaillierte bibliografische Daten sind im Internet über http://dnb.dnb.de abrufbar.

© 2016 Name des Autors/Rechteinhabers Walter W. Braun
Überarbeitung 2020

Illustration: Walter W. Braun

Herstellung und Verlag: BoD – Books on Demand, Norderstedt

ISBN: 978-3-741-297-250

Vorwort:

Der Wein- und Erholungsort Durbach mit einer Gemarkungsfläche von 2633 Hektar an der Badischen Weinstraße, liegt in der Vorbergzone zwischen Rheinebene und Schwarzwald, etwa sieben Kilometer von der Kreisstadt Offenburg entfernt. Eingebettet in gepflegte Weinberge mit endlos scheinenden vertikal und horizontal verlaufenden Rebenzeilen, und insgesamt 42 romantische Seitentäler, erstreckt sich Durbach entlang dem gleichnamigen Bach, der mitten durch den Ort fließt und teilweise links und rechts mit blumenbehangenen Schutzgeländern eingezäunt ist.

Aus Wikipedia

Durbach ist Schauplatz dieser fiktiven Geschichte, die sich aber so oder ähnlich jederzeit und in allen biologisch landwirtschaftlich ausgerichteten Bereichen zutragen könnte.

Walter W. Braun

Bühl, Oktober 2016

Inhaltsverzeichnis

	Vorwort	5
1	Durbach, ein Bilderbuchort in der Ortenau	9
2	Das Erbe	18
3	Eine schwere Entscheidung	28
4	Ein neuer Weinberg	45
5	Prachtvolle Entwicklung	58
6	Ein großes Fest	71
7	Urlaub in Südafrika	75
8	Erste Ernte	83
9	Ursachenfindung	94
10	Sherlock Holmes ist unterwegs	99
11	Dem Täter auf der Spur	104
12	Dörfliche Solidarität	108
13	Tatkräftige Hilfe	112
14	Das Urteil	117

1

Durbach, ein Bilderbuchort in der Ortenau

Die Sonne stand voll im Zenit und schien ungehindert und verschwenderisch vom wolkenlos azurblauen Himmel in die lieblichen Seitentäler des weithin bekannten Weindorfes Durbach, im klimatisch verwöhnten Ortenaukreis [1], nahe der Kreisstadt Offenburg. „Die Rheinebene vor der Haustür, das Ortsbild geprägt von den gleichmäßigen und sanften Reihen der unzähligen Rebstöcke, im Hintergrund eine typische Schwarzwaldlandschaft mit dunklen Wäldern, saftig grünen Wiesen und dabei den Mooskopf mit über 870 Meter immer im Blick", so beschreibt es der Kenner. Von dort grüßt die Sagengestalt des Moospfaff [2] den neugierigen Betrachter.

Hier beginnt der andere Teil für die Wanderer auf unzähligen Wegen und ein Paradies für Naturliebhaber in den gepflegten Wäldern und Seitentälern.

Des Beschauers Blick wird unwillkürlich auf die akkurat in Reih' und Glied stehenden und zu tausende zählenden Weinstöcken gelenkt, die sich rund um den Ort wohlgeordnet an den mal steilen, mal sanft ansteigenden Hängen aufwärts ziehen. Rundum sieht man in den Sommermonaten nur ein sattes Grün, das im Herbst in die leuchtend buntesten Farben wechselt und dem Betrachter ein märchenhaft romantisches Bild hinzaubert. Tat-

---

[1]) https://www.durbach.de/
[2] https://www.nordrach.de/pb/1324765.html)

sächlich bietet der Anblick zu jeder Jahreszeit eine Augenweide für die Bewohner im Ort und die vielen Besucher und Urlauber, die sich gerne an dieser Idylle erfreuen wollen. Zahlreich sind auch die Weinkenner, die die edlen Tropfen der hochdekorierten Winzer zu schätzen wissen und deshalb auch weite Anreisewege nicht scheuen.

Über dem romantischen Ort thront die nicht zu übersehende Kulisse des auf einer 383 Meter hohen Felsnase gebauten und heute noch bewohnten Schloss Staufenberg [3]. Es blickt auf eine über tausendjährige bewegte Geschichte zurück und befindet sich heute noch im Besitz des Markgrafen von Baden, der hier kommerziellen Weinbau betreibt.

Neben dem exzellenten Weinanbau mit eigener Vermarktung bietet das Schloss unter der Regie vom Durbacher Hotelier Dominic Müller, der unten im Dorf auch das renommierte Hotel Ritter [4] betreibt, eine gut besuchte Gastronomie für Wanderer und Tagesgäste. Für manche Hochzeit oder Events aus anderen Anlässen, bot es auch schon den besonderen Rahmen und begehrte Location.

Schon wegen der atemberaubenden Aussicht wird das Schloss an schönen Tagen sonntags und werktags von zahlreichen Tagesgästen angesteuert. Der Besucher hat von der Terrasse der Gartenwirtschaft einen atemberaubenden Blick auf das geschützt in einem Kessel eingebetteten, rund 4000 Seelen zählende Dorf mit seinen vielen Seitentälern, und darüber weit hinaus nach Südwesten ins Rheintal. Im Dunst der Rheinebene ist die unverwechselbare Silhouette des Straßburger Münsters gut zu erkennen und darüber das sich im grauen Dunst verlierende

---

[3]) https://www.schloss-staufenberg.de/
[4]) https://www.ritter-durbach.de/

Band des Vogesenkammes auf der Elsässer Seite, dem Gegenstück zum Schwarzwald.

Die Weinberge standen Ende Mai im satten Grün. Der Haupttrieb jeder Rebe wächst in diesem Stadium täglich um 2 bis 3 Zentimeter; man kann sozusagen dem Wachstum zusehen. Die Rebstöcke sehen wir in endlosen horizontalen und vertikal verlaufenden Reihen rund um das Dorf im Tal, aufsteigend an den weitläufigen Hängen. Sie sind nur unterbrochen von endlosen, geschwungenen Bändern der Wirtschaftswege, die es dem Winzer ermöglichen, mit seinen Fahrzeugen in den Weinberg zu kommen, denn mit der Kräze (Rückentragekorb aus Weidengeflecht – auch Kiepe oder Chräze) trägt schon lange niemand mehr die Ernte mühsam und kraftraubend ins Tal.

Das friedliche Bild ist unvergleichlich und zeugt noch von der intakten Natur in einer idyllischen, seit Generationen gepflegten Kulturlandschaft.

In der Ferne ist im Osten, wie ein mahnender Finger, der Moosturm auf dem Mooskopf zu erkennen, der mit über 800 Meter höchsten Erhebung zwischen den Schwarzwaldtälern Rench und Kinzig, benannt nach den heute noch glasklaren Flüssen, die mitten im Schwarzwald entspringen und westwärts dem Rhein zufließen.

Überall sah man in diesen Tagen emsige Hände, die fleißig Laub von den Weinstöcken lichteten, Triebe stutzten und geschickt zwischen zwei Drähten fixierten. Die Blütezeit war schon vorüber und die Gescheine entwickelten sich langsam und sichtbar prächtig zu Beeren. Nur wenige wissen, dass die Früchte der Reben genaugenommen Rispen sind, so wie Hafer oder Rispengras, die aber Beeren ausbilden. Die Pflanzen sahen nicht nur für den Kenner sehr gesund und vital aus. Nur der Fachmann weiß aber, welche Arbeit am Boden und am Stock dahinter steckt und der Winzer zu dieser Jahreszeit leisten muss, damit seine Trauben sich gut entwickeln und gedeihen können.

Aber auch der Laie durfte sich an der Pracht und Vielfalt erfreuen, während der Winzer sich berechtigte Hoffnung auf ein gutes Wachstum machte und im Herbst wieder eine üppige Ernte, der verdiente Lohn für Müh' und Arbeit eines mühsamen Arbeitsjahres. Dabei ist es mit der eingefahrenen Ernte noch lange nicht getan. Dann beginnt erst die eigentliche Arbeit im Keller, die viel Wissen und Erfahrung, sowie handwerkliches Können erfordert, wenn der Winzer den Wein gewinnen will, der bei seiner verwöhnten Kundschaft gut ankommen soll. Und das tut er, das zeigt der Medaillenregen, der jährlich bei den Prämierungen über das Dorf niedergeht.

Gerade im gegenwärtigen Stadium sind die Gescheine und Fruchtansätze noch sehr empfindlich. Dieses Frühjahr hatten aber keine Nachtfröste den Winzern im Tal Sorgenfalten auf die Stirn getrieben und schon ließ sich erahnen, dass ein guter Jahrgang heranreift. Somit sah jeder Weinbauer zuversichtlich und optimistisch der weiteren Entwicklung entgegen. Jetzt durfte nur nicht noch ein Hagel in der Vegetationszeit und vor der Ernte übers Tal ziehen.

„Fritz, bisch z'friede wies us sieht?", (bist du zufrieden wie die Reben stehen) fragte der Männel-Buur, der gerade seinen Traktor bestieg und in seine Reben fahren wollte, den Müller-Fritz, seinen Nachbarn. „Sell scho, s'sieht allewill gued us, wie's isch und bis jetzit no gell. S'derf halt nur kei Hagl un kei starkis Unwetter im Summer kumme" (Schon, es sieht gut aus, wie es ist. Nur darf im Sommer kein Hagelschlag und kein starkes Unwetter kommen), gab der mit breitem Grinsen im Gesicht zur Antwort. Das verwunderte den erfahrenen Betrachter ein wenig, denn alle wissen doch, Landwirte pflegen prinzipiell immer zu klagen und waren, wenn sie direkt gefragt wurden, eigentlich nie zufrieden.

Kurz nach der Mittagszeit eines normalen Wochentages hatten weder Felix Hafner noch seine Frau Maria an einem ganz normalen Arbeitstag die Zeit, in ihrem eigenen Weinberg die nötigen Arbeiten zu tun. Sie fuhren erst am späteren Nachmittag in die Reben, dann, wenn sie in ihrem Hauptberuf hatten Feierabend machen können, und ansonsten zumindest an den Wochenenden. Sie mussten alles abends verrichten oder am Samstag, denn das Ehepaar betrieb überschaubare 3,8 Hektar Weinanbau nur im Nebenerwerb. Damit waren sie allerdings auch nicht die einzigen.

Ihr Weinberg befand sich in den bevorzugten Steillagen unterhalb des Schlosses. Die Spitzenlage durfte ohne Einschränkung als exquisit bezeichnet werden, und mancher Weinbauer aus dem Ort beneidete sie insgeheim um dieses Stück Land, ohne dass dies jemand öffentlich zugegeben hätte.

Einen nicht unwesentlichen Nachteil hatte es allerdings. Die Fläche wäre viel zu klein, um sie im Haupterwerb zu bewirtschaften und davon auch noch leben zu können. Das war vor 30 Jahren bei ihrem Großvater, von dem sie das Gelände geerbt haben, noch ganz anders. Damals konnte ein Winzer durchaus mit 3 oder 4 Hektar auskommen, wenn man zusätzlich noch etwas Gemüse anbaute und Obst zur Eigenversorgung ernten konnte. Heute reicht das nicht mehr aus. Doch auch in der Freizeit kümmerte sich das Ehepaar intensiv und leidenschaftlich um „ihren Weinberg", um ihr bescheidenes kleines Paradies.

Im Hauptberuf ging Felix der Tätigkeit als Sicherheitsingenieur in einem größeren Offenburger Industriebetrieb nach. Dort sah er bei Anlagen und eingesetzten Stoffen penibel nach dem Rechten. Seine Aufgabe war es, alle sicherheitsrelevanten Aspekte zu beschreiben, zu überwachen und konsequent dafür zu sorgen, dass von ihnen für die Mitarbeiter und die Umwelt keine Gefahren ausgingen.

Diese Tätigkeit hat sich in den letzten 20 Jahren sehr verändert und spezialisiert. Immer mehr Vorschriften kamen im Laufe der Jahre dazu, die es zu beachten gilt. Gerade von der EU werden die Unternehmen mit allen möglichen Gesetzen und Verordnungen überschwemmt. Die Reglementierung der eingesetzten Stoffe wird immer unübersichtlicher, der Papierkrieg nimmt gigantische Formen an und das fordert für ihn und seine Mitarbeiter Tag für Tag ein engagiertes Vorgehen. „Wenn in ein paar tausend Jahren Wesen von einem anderen Stern hier landen würden und dann archäologische Untersuchungen betreiben, dann werden sie annehmen, hier muss eine Papierfabrik gestanden haben", spottete Hafner manchmal sarkastisch, wenn ihn der Papierkrieg wieder allzu sehr nervte.

Menschlich ist Felix Hafner nicht gerade stromlinienförmig, sondern eher progressiv gestrickt und hat durchaus seine Ecken und Kanten, ist aber offen und ehrlich. Auf ihn ist absolut Verlass. Das gilt sowohl im privaten Leben, wo er seit der Jugendzeit gerne einmal Grenzen überschritt und hin und wieder ordentlich über die Stränge schlug, natürlich noch im tragbaren Rahmen und ohne gegen Gesetze zu verstoßen. Und so demzufolge handelt er auch beruflich.

Gerade im Beruf gibt er sich selbstbewusst und achtet sehr darauf, dass die Normen eingehalten werden, und bei der Sicherheit kennt er keine Kompromisse. Das machte ihn nicht unbedingt beliebt, aber bisher wurde er geachtet und ist auch von der Geschäftsleitung respektiert und geschätzt. Manche gutdotierte Prämie landete schon auf seinem Konto, die ihm für umsetzbare Verbesserungsvorschläge zugestanden wurde, verbunden mit viel Lob und Anerkennung. „Sie sind halt noch ein Ingenieur der alten Schule, einer von denen, die selber auch noch eine Maschine bedienen können", sagte man ihm einmal in einer Laudatio anlässlich einer Ehrung. „Ja, mein Vater, der in russischer Gefangenschaft war, hat schon davon berichtet, dass ihre Peiniger vor den Deutschen einen Heidenrespekt hatten und sie behaupteten ohne Scherz: Die können aus jeder Blechbüchse eine Bombe basteln", verriet er einmal lachend in diesem Kreis. „Über meine handwerklichen Fähigkeiten bin ich durchaus Stolz."

Privat war Felix schon viele Jahre voll im dörflichen Umfeld eingebunden. Sein Wort zählt im Turn- und Sportverein, er ist im Männergesangverein 1865 Durbach e.V. aktiv und dort als 2. Bass mit sicherer Stimme gefragt, ehrenamtlich ist er auch im Verein „Wein- und Heimatmuseum" engagiert und er mischt sich gerne als Hästräger bei den Fastnachtsveranstaltungen unters närrische Volk. Das wären eigentlich genug Felder, um die nicht unbegrenzte Freizeit voll auszufüllen. Eine Last war ihm sein Tun bisher jedoch nie; es war ihm eher ein Vergnügen. Jeder kennt jeden im Dorf, da tauscht man sich aus und hilft sich auch gegenseitig, wo es nötig ist. Im ländlichen Bereich von Baden und speziell in der Ortenau ist die Welt im toleranten Miteinander noch in Ordnung. Ob sich allerdings sein Einsatz zukünftig neben dem Weinbau so fortsetzen lassen wird, das war noch nicht übersehbar und stand in den Sternen.

Seine Frau Maria Hafner geht seit ihrer Lehre und einer Weiterbildung ihrem Job als Sekretärin in Oberkirch nach. Sie ist die rechte Hand des Vorstandsvorsitzenden eines traditionellen, weltweit agierenden Industrieunternehmens. Um zum Arbeitsplatz zu kommen, musste sie nur über den Berg fahren und durch das liebliche, auch vom Wein- und Obstbau geprägten Bottenau talwärts, wo sich vor ihr dann das weite Renchtal öffnet. Dieses Tal ist weithin als bevorzugtes Obstparadies bekannt. Die Erdbeerplantagen haben Ausmaße mehrerer Fußballfelder und die Spalierbäume der Apfelplantagen sind nicht mehr überschaubar, und das im wahrsten Sinne des Wortes. Die endlosen Reihen an Turbo-Apfelbäumen sind heute über Quadratkilometer mit Netzen überspannt, die sowohl vor Hagel schützen sollen, wie die empfindlichen Äpfel auch vor dem Sonnenbrand. Warum der Begriff Turbo-Apfelbäume? Weil den tragenden Apfelbäumen vielleicht 10 Jahre gegönnt sind, dann werden sie ausgerissen und neue Bäume angepflanzt. Damit schlägt der Bauer zwei oder drei Fliegen mit einer Klappe. Erstens können bei den kurzstämmigen Sorten die reifen Früchte leichter vom Boden aus gepflückt werden; es bedarf keiner Leiter mehr, wie es früher bei den Obstbäumen notwendig war. Zweitens wird dem verwöhnten Supermarkt-Kunden eine vom Äußeren her farblich makellose Frucht geboten, auch wenn sie geschmacklich nichts mehr hergibt. Und drittens kann er so schneller auf Modeerscheinungen reagieren, wenn der Kunde wieder einmal eine neue Sorte bevorzugt, die noch besser lagerfähig ist, noch länger haltbar, und so weiter. Das aber ist eine andere Geschichte.

Zurück zu Maria Hafner und ihrem Job. Für ihren Chef ist sie schon lange als rechte Hand unverzichtbar geworden und in vielem hält sie ihm den Rücken frei; aber nicht nur das, sie verstand sich stets als Vermittlerin und ausgleichende Instanz im Betrieb zwischen Mitarbeitern, Abteilungsleitern, Meistern und anderen Entscheidungsträgern einerseits, sowie dem Vorstand und der Geschäftsleitung andererseits. Von allen Seiten wird ihr ein glückliches „Händchen" in dieser Aufgabe bescheinigt und oft wurde sie schon gelobt und gewürdigt. In der Freizeit betätigte sie ebenfalls, sowohl in Frauen Aktiv e.V., wie im Pfarrgemeinderat der katholischen Kirche, und wenn im Dorf ein Fest ausrichtet wird, gehört sie wie selbstverständlich zu den fleißigen Helferinnen, die ohne großes Aufsehen darüberzumachen, wirken und arbeiten und für einen reibungslosen Ablauf sorgen.

Oben: Blick auf Schloss Staufenberg, unten: In den Talkessel

2

Das Erbe

Den Weinberg hatte Felix Hafner vor 4 Jahren von seinem Großvater geerbt. Schon als Bub und Schüler hatte sein Opa ihn in die Reben mitgenommen und Felix war immer gerne dabei gewesen. Dabei erlernte er so nebenbei allerlei über die Geheimnisse und notwendigen Grundlagen des Weinanbaus. Natürlich half er später zwischendurch auch im Keller mit oder war wunderfizig (neugierig) dabei, wenn der eingelagerte Wein reifte und seinen letzten Schliff erhielt. Damals hinterließ jeder Winzer noch mehr seine eigene Handschrift in Geschmack, Charakter und Säure bei seinem Erzeugnis – und schon damals wollte jeder der Beste sein. Sein Großvater hatte die Winzerei noch im Vollerwerb betrieben, nebenbei aber auch verschiedene Obstsorten geerntet und die Früchte zu Most und Schnaps verarbeitet. Zum Schnaps brennen besaß er ein Brennrecht [5]), das allerdings vor Jahren abgelaufen ist. Sein Großvater Anton Hafner hatte es nicht mehr verlängern lassen, sondern das Kontingent an einen Kollegen zu einem guten Preis verkauft.

Felix bedauerte das ein wenig – nicht aus wirtschaftlichen Gründen. Das Hobby Schnaps brennen hätte er gerne nebenbei betrieben und sicher daran viel Freude gehabt. Dafür hätte er nach der Traubenernte sogar gut den anfallenden Trester und die Hefe verwerten und verarbeiten können. Nicht nur die Italie-

---

[5]) https://de.wikipedia.org/wiki/Verschlussbrennerei

ner vermögen einen guten Grappa zu brennen. Die Deutschen verstehen das auch, und die Grundlage für den Tresterbrand [6]) ist quasi ein kostenloses Abfallprodukt.

Nebenbei haben seine Großeltern auf kleineren Flächen Kartoffeln angebaut, sowie auf den eigenen Feldern nahe beim Haus und auf anderen etwas weiter entfernt im Dorf, alles angepflanzt, was die Familie an Gemüse und Früchten zum eigenen Bedarf brauchte. Obst und Gemüse wurde, soweit Felix denken konnte, nie zugekauft; alles wurde aus dem eigenem Anbau verwertet und darauf waren sie stolz, das sparte eine Menge Geld. Noch in den 60er-Jahren lagerten vom Herbst an 15 Zentner Kartoffeln im trockenen, kühlen Keller und es standen drei Fässer Most für die durstigen Kehlen bereit. Gut 100 Gläser Eingemachtes füllten die Regale. Dazu wurde jährlich zweimal ein im Stall gemästetes Schwein geschlachtet. Das sicherte den Speiseplan auch in Notzeiten und lieferte reichlich Vorrat für Feste mit der Familie und mit den zahlreichen Verwandten aus beiden Linien, aus denen sie abstammten. „Für meine Großeltern waren das goldene Zeiten, sie waren bescheiden, vor allem aber zufrieden und ausgeglichen", wie Felix sich gerne an Opa und Oma väterlicherseits erinnerte.

Trotz seiner relativ kleinen Landwirtschaft gehörte Anton Hafner zu den Persönlichkeiten des Dorfes, und er war zeitweise sogar als Mitglied der Freien Wählervereinigung im Gemeinderat aktiv. Sein Wort hatte Gewicht und wurde im Dorf beachtet. Daraus folgerte, es gab auch keinen namhaften Verein, in dem er nicht zumindest als passives Mitglied eingeschrieben war. Im fortgeschrittenen Alter hatte er daraus mehrere Ehrenmitgliedschaften inne.

---

[6]) https://de.wikipedia.org/wiki/Tresterbrand

Stolz berichtete Anton Hafner später seinem Enkel: „I hab scho 1958 'ne Mercedes kauft un den direkt in d'Fabrik in Sindelfinge abgholt. Do hen Lit gstutzt, wo'i mit dem schicke Wage okumme bin." (Ich habe schon 1958 einen Mercedes gekauft und direkt in Sindelfingen im Werk abgeholt. Da haben die Leute schon gestaunt, nachdem ich mit dem modernen Auto angefahren kam).

Zuvor fuhr er ein für damalige Verhältnisse leistungsstarkes Motorrad, eine 600er-BMW mit Boxermotor und liegenden Zylindern. Solch ein Gefährt konnten sich damals nicht alle leisten. Motorradfahren war allerdings zu Beginn der 60er-Jahre nicht mehr „en vogue". Wer das Geld besaß oder einen Kredit von der Bank bekam, der wollte unbedingt ein Auto besitzen, selbst wenn es nur ein Goggomobil [7]) war; Hauptsache, es fuhr auf vier Rädern und hatte ein Dach über dem Kopf. Und, das war nicht unwesentlich oder für manchen Autobesitzer sogar kaufentscheidend, die kleinen Autos bis 250 ccm durften noch mit dem Führerschein der Klasse IV gefahren werden, den fast jeder Landwirt besaß und der ihn zum Führen eines Traktors berechtigte.

Einen Traktor besaß Anton allerdings nicht, stattdessen einen Schanzlin-Einachsschlepper [8]), wie ihn viele seiner Winzerkollegen bei der Arbeit in den Steillagen ebenfalls einsetzten. Solche Geräte waren wendig und pflegeleicht, und es gab nützliches Zubehör, wie Zweischarpflug, Egge und andere Gerätschaften. Manchmal wurde damit sogar eine Seilwinde angetrieben, die ihnen die Arbeit in den Steillagen erleichterte. Mit dem mit starrer Achse verbundenen Anhänger wurden sowohl Werkzeuge

---

[7]) https://de.wikipedia.org/wiki/Goggomobil
[8]) http://www.landtechnik-historisch.de/historische-landmaschinen/schanzlin/

transportiert, die Ernte aufgeladen und nicht selten saß die Großmutter neben dem Opa mit auf dem Bock, wenn sie mit ihm hinaus auf ihre Felder fuhren oder einbrachten.

Doch zurück zu Großvaters Neuerwerbung. Mit dem Mercedes war das Autofahren deutlich komfortabler als zuvor mit einem Motorrad und damals aus einem ganz bestimmten Grund noch relativ preiswert: „Ich bin meistens mit Heizöl gefahren", verriet verschmitzt der Alte. „Domols het des kei Mensch kontrolliert und mir Bure hen's alli so gmocht." (Damals hat das niemand kontrolliert und alle Bauern haben das so gemacht).

Schon in den 60er-Jahren fuhr Anton Hafner mit Freunden aus dem Dorf mehrmals im Jahr – und vorwiegend an den Wochenenden außerhalb der arbeitsintensiven Zeit – ins Montafon im Nachbarland Österreich, ins Tannheimer Tal, hin und wieder sogar nach St. Anton am Arlberg. Sie waren begeisterte Bergwanderer und bewegten sich auf vielen Pfaden über steile Bergeshöhen im Alpenraum. Beim Einkehrschwung oder Übernachtungen in den Berghütten schätzen sie dann durchaus auch die Erzeugnisse aus den Nachbarländern, die Weine so bekannter Namen wie Blauen Zweigelt, Kalterer See oder die diversen Tröpfchen vom Neusiedler See.

Der Bodensee lag für damalige Verhältnisse nicht so wie heute, geradewegs vor der Tür, eine Fahrt dorthin und zurück, das ließ sich aber schon an einem Tag machen, und nebenbei stand er auch da im Kontakt zu Winzerkollegen dieser Region. Auf diesem Wege wurden mit Winzern in Meersburg, Überlingen und anderen Orten Informationen ausgetauscht und auch ein paar Kunden in der Gastronomie gewonnen, die neben dem Wein vom Bodensee, ihrem verwöhnten Klientel auch noch Weine aus Durbach bieten wollten. Der gewitzte Opa verstand es damals schon, das Vergnügen mit dem Geschäftlichen sinnvoll zu verbinden.

Mehrfach zog es sie in jenen Jahren in die für die Badener noch spottbillige Schweiz. Sie bewanderten den Säntis mit seinem endlosen Tourenangebot. Gelegentlich wagten sie sich sogar etwas weiter und fuhren nach Grindelwald oder über Kandersteg ins Wallis, wo sie den Dôle und andere gehaltvolle Rotweine kennenlernten. „Selli versten au ebbis vum Wi-moche", (die verstehen auch etwas von der Weinherstellung) meinte der Großvater anerkennend hinterher.

Klettern war zwar nicht so Antons Ding, davon hielt er wenig, aber anspruchsvolle Bergtouren von Hütte zu Hütte, das liebte er sehr und dabei erfreute er sich mit seinen Freunden an der atemberaubenden Bergwelt der Alpen, der Ruhe, wie auch an der guten Kameradschaft im Kreis seiner Freunde. Das schaffte Gemeinschaften, was sich im täglichen Leben bei allerlei Verrichtungen als Vorteil erwies und nützlich war.

Bei allen Unternehmungen kamen ihm seine Bärenkräfte zugute und seine außergewöhnliche Konstitution und Kondition, die er sich wohl von Jugend an durch die harte Arbeit am Hang und in den Steillagen erworben hatte. Winzer zu sein, das war damals noch eine arge und schweißtreibende Plagerei.

Felix konnte sich noch gut erinnern, welche Knochenarbeit sein Großvater einst verrichten musste. „Nach dem Krieg ließ ich mir vom Dorfschmied ein Paar Steigeisen anfertigen, die ich mir unter die Schuhe band, damit ich im steilen Gelände überhaupt stehen konnte", berichtete Anton oft mit gewissem Stolz über seine geniale Idee. Der Einfall war auch nicht von ungefähr gekommen, der Gedanke kam ihm eines Tages in den Bergen.

„Ich habe nie extra trainieren müssen, sondern wenn ich in den Reben war, habe ich von oben nach unten gearbeitet und bin dann zurück den Hang hoch gerannt. Das verschaffte mir über Jahrzehnte eine bombige Kondition, sodass ich meistens allen meinen Kameraden weit überlegen war", erzählte er schmunzelnd. Natürlich mag bei den Erzählungen seines Großvaters auch etwas Nostalgie mitgeschwungen haben.

Nachdem feststand, dass Felix den Weinberg mit allem drum herum erben sollte, fragte er sich schon: „Was soll ich damit anfangen und dann in dieser relativ bescheidenen Größe – oder besser gesagt, mit der viel zu kleinen Fläche, um wirklich damit etwas daraus machen zu können? Wenn ich davon leben wollte, dann müsste ich Flächen hinzukaufen und wer gibt hier schon gerne welche her, die dazu passen würden und mir gefallen könnten. Und was würde das kosten?"

Sicher, sein Heimatort Durbach, mit dem er sehr eng verwurzelt fühlte, ist berühmt für seine Weine und spielt in der Weinbau-Bundesliga ganz oben mit. Die Weine wachsen auf felsigen Granitverwitterungsböden, was ihnen ein besonderes mineralisches Gepräge verleiht. Die Durbacher Weine werden sogar als Lebensspender beworben. Das mag zwar ein Gag der Marketingexperten sein, ein bisschen Wahrheit spiegelt es aber wider. Niemand wundert es, wenn der Ort dank der vielen internationalen Auszeichnungen als „goldenes Weindorf" bezeichnet wird. Und Durbacher Weine werden in der Tat weltweit geschätzt und in alle Welt geliefert. Sogar in Japan sind die speziellen Lagen unter Kennern ein Begriff.

Im Gegensatz zu anderen Weindörfern der Ortenau wird der rund um den Ortskern wachsende Wein noch vorwiegend von den Winzern selbst vermarktet und nicht der örtlichen Winzergenossenschaft angeliefert. Dafür bedarf es eines gewissen Bekanntheitsgrades und schon deshalb sind die Weinerzeuger auf Auszeichnungen und Publikationen in einschlägigen Fachzeitschriften angewiesen.

Sehr kreativ werden heute die Erzeugnisse von den einzelnen Weingütern an ihre meist anspruchsvolle Kundschaft aus der gehobenen Gastronomie vermarktet, und in der Regel reicht die

Erntemenge nicht aus, um die große Nachfrage bedienen zu können.

Elf namhafte Weingüter zählt das Dorf, was im Verhältnis zur Einwohnerzahl beachtlich ist. Jedes Jahr räumen die unter Fachleuten weltweit im Fokus stehenden Weingüter begehrte Goldmedaillen ab und sogar Weltmeister finden sich in ihren Reihen. Wenn beim Wein der Name Durbach fällt, weiß man, dass es um die berühmtesten und höchstdekorierten Tröpfchen von ganz Deutschland geht. Die Weinbaubetriebe sind unter den Top-100-Betrieben in Deutschland seit Jahren auf den vorderen Plätzen zu finden. Da schnalzen manche Gourmets mit der Zunge.

Hinter allem stecken nicht nur kommerzielle Gründe, nein, die Winzer sind sehr ehrgeizig und einer versucht den anderen mit noch besserer Qualität zu übertreffen; noch mehr Goldmedaillen bei regionalen und überregionalen Weinprämierungen einzuheimsen.

Zur Vermarktung ab Hof laden die Weingüter in repräsentative, schmucke Verkaufsräume ein; individuell gestaltet und designt. Die Weinproben werden von den Erzeugern selbst oder häufig von hübschen Weinprinzessinnen als Event zelebriert und entsprechend sind sie bei Besuchern gefragt, die manchmal mit Bussen angereist kommen. Und nicht selten ist dann ein bekannter Sommelièr [9]) oder eine fachkundige Sommelière anwesend und steht dem kaufwilligen Publikum Rede und Antwort.

Schmucke, gepflegte Fachwerkhäuser verzaubern den kleinen Ort und schaffen ein besonderes Flair. Die Häuser sind vom Frühjahr an bis weit in den Herbst hinein mit üppigem Blumenschmuck geziert, wie auch die Geländer längs des romantischen Dorfbaches, der plätschernd und gurgelnd mitten durch das Dorf

---

[9]) https://de.wikipedia.org/wiki/Weinkellner

talwärts fließt. Hier herrscht wahrhaft noch ein Stück heile Welt und das Auge des Betrachters findet Idylle pur.

Dieser Vorteil wurde vor nicht allzu langer Zeit auch unter gesundheitlichen Aspekten erkannt, denn es siedelte eine große Klinik zur Rehabilitation krebskranker Patienten an, die seither den Frauen aus der Umgebung eine begehrte Beschäftigungsmöglichkeit bietet und den Restaurants ausgabefreudige Gäste.

Der Weinbau unter dem über 1000 Jahre alten Schloss Staufenberg hat eine lange Tradition und an Fachwissen fehlt es den Einheimischen wahrlich nicht. Die jungen Winzer haben durchweg in der Fachhochschule Geisenheim Önologie (Weinbau) [10] studiert und dazu fließt die über Generationen gewonnene Erfahrung ihrer Vorfahren in die Arbeit mit ein. Allen ist es ein Bedürfnis, die Tradition, wie auch die Kulturlandschaft zu pflegen und dauerhaft zu erhalten. Dafür gibt es einige Initiativen, wie: „Durbacher Bergrettung", gedacht zum Erhalt und Pflege der arbeitsintensiven Steillagen.

Ein weiterer und nicht unwesentlicher Faktor kommt den Durbachern zugute. Begünstigt wird der Weinanbau durch die Öffnung Tales nach Südwesten, das wie in einem Kessel eingebettet liegt. Die warmen Winde aus dem Süden und Südwesten können optimal einströmen, dagegen schützen der Mooskopf und andere Erhebungen des Schwarzwaldes vom Osten und Norden her vor den kalten Winden.

So gelingt es den Steillagen-Spezialisten Jahr für Jahr Spitzenweine zu erzeugen und davon haben nicht nur die ausgewählten Kunden etwas. Die Durbacher trinken ihren Wein selber ebenfalls gerne und dazu gibt es jedes Jahr reichlich Gelegenheit bei diversen örtlichen Weinfesten. Im Juni findet das Durbacher Weinfest statt, im August folgt ein Burg- und Bachfest, im Sep-

---

[10]) https://www.hs-geisenheim.de/

tember der „offene Winzerkeller", der Durbacher Weintag, das Burefeschd und schlussendlich das St. Urbans-Fest im Oktober.

Zu allen diesen Veranstaltungen kommen die Besucher von weit her und so wird der Name des Dorfes ins Land getragen. Nicht zuletzt berichtet das regionale Fernsehen in Reportagen über den Ort, wenn wieder ein Preis in das Dorf ging oder eine besondere Auszeichnung und Ehrung anstand. „Fahr mal hin" und andere einschlägige Fernsehserien berichten gleichfalls über den Zauber des Dorfes, dessen Tradition und der vielen schmucken Winzerhöfen.

Und in den höheren Regionen der Seitentäler, da wo kein Weinbau mehr möglich ist, züchtigen die findigen Bauern in Kulturen makellose Nordmannstannen, die Weihnachten verschönern. Hier wird Schnaps gebrannt und „Ferien auf dem Bauernhof" angeboten. Jeder findet somit eine Nische für ein auskömmliches Einkommen.

Bei so viel Anerkennung und Aufmerksamkeit ist es quasi selbstverständlich, dass sich jeder Bewohner dem Wein verpflichtet fühlt und an dieser Verpflichtung konnten selbst der nüchtern denkende und scharf kalkulierende Felix Hafner und seine Frau Doris nicht einfach so vorbeigehen.

Lange habe sie diskutiert und alle Vor- und Nachteile sorgfältig abgewogen, ob sie den Weinberg in Eigenregie betreiben wollen oder doch lieber nach einem Käufer Ausschau halten sollten. Letztlich überwog aber die Liebe zur eigenen Scholle, der seit Generationen gelebten Tradition und Verpflichtung, das Erbe zu erhalten und möglichst zu vermehren. Das Sprichwort: „Was du ererbt von deinen Vätern hast, erwirb es, um es zu besitzen. Was man nicht nützt, ist eine schwere Last, nur was der Augenblick erschafft, das kann er nützen. [11])

---

[11]) Aphorismen von Johann Wolfgang von Goethe

Initiative Steillagen in Durbach und Blick auf Staufenberg

3

Eine schwere Entscheidung

Neben dem schon Erwähnten, war es noch ein anderer Grund, der die Familie letztlich dazu bewog, sich der Sache anzunehmen und voll und ganz in ihr Vorhaben zu stürzen. Felix Hafner zählte wohl zu den kulinarischen Gourmets; er liebt gutes und vor allem regional geprägtes Essen über alles. Da gehörten immer schon gepflegte Getränke, vornehmlich erlesene einheimische Weine, unabdingbar mit dazu. Oft sah man ihn sonntags oder an einem besonderen Abend mit seiner Frau Doris, und manchmal auch von guten Freunden begleitet, im Restaurant Hotel Rebstock [12] und sie bestellten für sich ein ausgewähltes Menü. Bei Felix waren seine Leibgerichte „Saure Kutteln" [13] mit Bratkartoffeln, oder Rinderzunge in pikanter, brauner Soße und mit breiten Nudeln; im Herbst liebte er Wildbret vom Wildschwein, Reh und Hirsch aus der Region, verfeinert mit Pfifferlingen oder Steinpilzen und Preiselbeeren. Hatte er wichtige Gäste zu Besuch oder gab es ein herausragendes Fest, wenn bei ihm oder Doris ein runder Geburtstag zu feiern war, dann wählten sie als Location das bekannte Hotel Durbacher Ritter [14], das im Michelin-Führer und anderen für seine Spitzenküche ausgezeichnet wurde.

---

[12]) https://www.rebstock-durbach.de/
[13]) https://www. de.wikipedia.org/wiki/ Saure Kutteln – Wikipedia
[14]) https://www.ritter-durbach.de/

Ließ es seine eingeschränkte Freizeit zu, dann suchte er gerne selber in den Wäldern ringsum nach den genannten Pilzen und fand da und dort schon seine geliebten Pfifferlinge, Maronen-Röhrlinge und sogar edle Steinpilze. Im Oktober bis Anfang November sammelte er Kastanien, die es oberhalb der Reben am Waldrand und in den Wäldern reichlich zu finden gab. Dabei wusste er genau, wo es die größeren Kastanien zu finden gab. Da ging er nicht an solche Stellen, wo Auswärtige bequem mit den Autos hinfahren konnten und wo sie meistens nur Kleinzeug auflesen mussten. Es suchte sich in Steillagen, wo kein Bequemer hinkam, dort wo alte Kastanienbäume stehen. Da war er sicher, die größeren und schmackhafteren Früchte zu finden. Abends zu Hause verspeiste er dann die Köstlichkeit mit seiner Frau. Und zu Kastanien gehört bei ihm unbedingt neuer Wein dazu; Federweißer, Suser, Rauscher, Bitzler, Reißer oder wie das Getränk sonst noch, je nach Regionalität, genannt wird. Da hat jedes Dorf dafür einen anderen Namen, eine andere Bezeichnung.

Im Gegensatz zur Mehrheit der Konsumenten bevorzugte er aber auch beim neuen Wein die roten Sorten, die ihm bekömmlicher waren, doch leider seltener angeboten werden. Die begrenzte Menge beim Roten hat einen einfachen, plausiblen Grund: Die Ausbeute des Spätburgunders in der Ortenau, und ganz speziell auch in Durbach, reicht nicht aus, um die Nachfrage auf dem Markt voll zu decken. Da will doch kein Winzer unnötig seinen raren Bestand für neuen Wein verschleudern, es sei denn, es würde ihm einen adäquaten Preis einbringen, denn mit dem Verkauf von „Neuem Wein" hat der Winzer hinterher keine Arbeit mehr im Keller, die ihm Kosten verursachen. Trotzdem will jeder ehrgeizige Winzer lieber einen fertigen, ausgereiften Wein anbieten und mit perfekten Aromen wuchern und glänzen können.

Mehre Gründe waren es also, die zur positiven Entscheidung beitrugen, nach reiflicher Überlegung der Familie dem Vorhaben, nebenberuflich Weinanbau zu betreiben, nachzugehen. Überdies ist Felix Hafner sehr eng mit dem Tal verbunden, und da teilt er voll und ganz die Leidenschaft mit seiner Doris, die gleichermaßen diese Bilderbuchlandschaft liebt. Sein Stammbaum lässt sich bis ins Mittelalter zurückverfolgen, und mindestens so lange wohnen schon seine Vorfahren im Dorf und treiben Landwirtschaft, da kann er sich doch keine Blöße geben oder der Erfolgsgeschichte ohne Not ein Ende bereiten.

Selbstverständlich ist, dass ein Einheimischer in den örtlichen Vereinen aktiv ist und sich da und dort, sei es im Musik- oder Gesangsverein, im Fußballverein und anderen, engagiert und einbringt. Es wurde schon erwähnt, bei Felix ist es nicht anders. Jeder kennt jeden und so bekam das Ehepaar von allen Seiten viele gut gemeinten Ratschläge, was sie mit ihrem Erbe anfangen sollten. Vielleicht waren auch ein paar Neider dabei. Diese Spezies gibt es leider überall und auch im intaktesten Gemeinwesen. Neid ist so alt wie die Menschheit selbst und ein Grundübel, die Ursache vieler Streitigkeiten und Feindschaften.

Bei den gepflegten Gemeinschaften und Zusammenkünften fehlte aber auch niemals Spaß und Humor. Gerne wurde am Stammtisch im Rebstock folgender Witz zum Besten gegeben. „Der Vater lag im Sterben und hatte seine drei Söhne um sich versammelt. Leise flüsterte er ihnen zu: Ich verrate euch ein Geheimnis. Wein kann man auch aus Trauben machen." Doch allen Weinliebhabern zum Trost, die Zeit von Zuckerwasser ist vorbei und auch der Glykol-Skandal länger schon Geschichte. [15])

Ein anderer geht so: Ein Mann trifft nachts um halb Eins einen Freund: „Was machst du heute Abend noch? Ich bin auf

---

[15]) https://de.wikipedia.org/wiki/Glykolwein-Skandal

dem Weg zu einem Vortrag über die Auswirkungen von Alkohol auf den menschlichen Körper. Interessant, aber wer hält denn um diese Uhrzeit noch so einen Vortrag? Meine Frau natürlich, wenn ich gleich nach Hause komme."

Noch einer: „Zwei Freunde unterhalten sich über den Sinn des Spruches: Wer nicht liebt Wein, Weib und Gesang, der bleibt ein Narr sein Leben lang. Heinz fragt seinen Kumpel: Wenn du eins von den dreien abgeben müsstest, was wäre es? Der Angesprochene brauchte nicht lange zu überlegen: Der Gesang. Und wenn du jetzt von Wein und Weib noch was abgeben müsstest? Worauf würdest du zuerst verzichten? Der Kumpel muss jetzt doch eine Weile überlegen. Dann meint er: Tja, das käme dann ganz auf den Jahrgang an."

Ja, die Mittelbadener sind von Hause aus bodenständig und konservativ, rau und lieblich zugleich, wie die Region eben, und sie haben viel Humor. Sie sind herzlich, verstehen zu leben, zu genießen und haben gerne ihren Spaß. Diese Eigenschaften teilen sie mit ihren Nachbarn, den Elsässern, die halb Deutsche, halb Franzosen sind. „Leben und leben lassen" ist die Philosophie oder in Anlehnung an die elsässischen Nachbarn: „Laissez-faire", den Dingen freien Lauf lassen. Es ist schließlich auch noch nicht so unendlich lange her, dass es zwischen den beiden Regionen noch keine Grenzen gab.

Man will ungern eingeengt oder gar gegängelt sein. Das kam schon in der Badischen Revolution in den Jahren um 1848 zum Ausdruck. Offenburg, die größere Stadt in der Nachbarschaft, zählte zu den Hauptschauplätzen des Widerstandes gegen die staatliche Obrigkeitsgewalt, und einige aufmüpfige Bure (Bauern) waren lautstarke Wortführer. [16])

---

[16]) https://de.wikipedia.org/wiki/Badische_Revolution

Obwohl Felix, wie auch seine Frau Doris, aus alteingesessenen Winzer-Familien entstammen, sind sie beruflich einen anderen Weg gegangen. Felix Hafner hatte nach dem Abitur in der Fachhochschule Offenburg Elektrotechnik studiert und später eine Zusatzausbildung zum Sicherheitsingenieur angeschlossen. Heute ist er Leiter der Arbeitssicherheit und Umwelt.

Die Aufgaben auf diesem Gebiet haben sich in größeren Industrieunternehmen in den Jahren seit Anfang 1980 rasant entwickelt. Immer mehr Betriebs- und Hilfsstoffe gerieten in den Fokus die Umwelt zu belasten. Hatte man sich in den siebziger Jahren noch in den billigen Chlorkohlenwasserstoffen (CKW) [17]), hauptsächlich bekannt unter den Markennamen „Tri- und „Perchlorethylen", gebadet und die geruchlosen, unbrennbaren fluorierten Kohlenwasserstoffe als unbedenklich eingestuft, gelten sie heute als Teufel und Beelzebub. Waren die MAK-Werte (die maximale Arbeitsplatzkonzentration) damals noch der Maßstab für die Bewertung verschiedenster Stoffe im Fertigungs- oder Instandhaltungsbereich, ging es seit Anfang der 90er Jahre nicht mehr ohne ein Sicherheitsdatenblatt, und heute sind die umweltrelevanten DIN-Normen kaum noch zu überschauen. REACH kam hinzu und nichts geht mehr ohne Zertifizierungen.

Die Standards in der Arbeitssicherheit schraubten sich peu à peu nach oben. Die Berufsgenossenschaften, Gewerbeämter und andere stellten immer höhere Anforderungen an den Arbeitsplatz, mit adäquaten Auflagen. Immer mehr musste gehandelt werden, entsprechend mehr Mitarbeiter in seiner Abteilung wurden notwendig und Hafners Position gewann in den letzten Jahren entsprechend an Bedeutung.

Doris hat die Mittlere Reife abgelegt und dann eine kaufmännische Lehre absolviert. Nach Lehrgängen im Abendstudium

---

[17]) https://de.wikipedia.org/wiki/Chlorkohlenwasserstoffe

schaffte sie es bis in das Vorzimmer ihres Chefs und dort ist sie seit längerem die rechte Hand des Vorstandsvorsitzenden.

Beide, Felix und Doris, kannten sich schon seit den Kindertagen, sie lernten sich aber, wo auch sonst in einem Dorf?, erst richtig beim Tanzen schätzen und bald lieben. Der Tanz gehört „auf dem Land", wie der ländliche Raum in der Ortenau und Rheinebene allgemein bezeichnet wird, zu jedem Fest beinahe zwingend dazu und Feste gibt es jährlich im Umkreis genug. Einige aus dem Dorf wurden schon erwähnt. Die Nachbardörfer stehen aber auch nicht zurück und bieten ebenfalls Unterhaltung und Genuss.

Für junge Leute war es immer schon Pflicht, sich auf solchen Festen im Nachbardorf sehen zu lassen und sich der Konkurrenz der örtlichen Jugend zu stellen. Manche gutgemeinten Kabbeleien entstanden bei den diversen Begegnungen; aber auch Freundschaften über die Dorfgrenzen hinweg. „Du muesch hald wie'e Heftlismacher uffbasse, dass de nit umkeisch" (Du musst halt wie ein Luchs aufpassen, dass du nicht umfällst), gilt als oberstes Prinzip und gängiger Grundsatz, was nichts anderes heißt, wie nicht unter die Räder zu kommen; sich vor den anderen keinesfalls eine Blöße zu geben.

Meist obliegt die Ausrichtung solcher Feste einem der örtlichen Vereine, wie dem Musik- oder Gesangverein, der Feuerwehr und anderen, die mit ehrenamtlichen Kräften die Veranstaltung meistern. Der gewünschte oder erzielte Erlös kommt hinterher der Vereinskasse zugute und ist eine wichtige Haupteinnahmequelle.

Gerne erinnerte sich Felix Hafner noch an den lauen Sommerabend anlässlich eines Dorffestes. Den Nachmittag über hatte er schon mit Doris ausgiebig das Tanzbein geschwungen. Sie kannten sich, wie gesagt, wohl schon länger und eigentlich von den Kindertagen an. Bisher war es aber nichts Ernsthaftes gewesen, Freundschaft eben, Liebelei, jugendliches Gehabe, nun waren sie sich aber ein gutes Stück näher gekommen und eng im Arm gehalten. Er hatte ihr am Süßigkeiten-Stand ein Lebkuchenherz gekauft und an der Schießbude ein Bärchen geschossen. Sowas lässt jedes Mädchenherz höher schlagen und weich werden. Schon war der Abend unmerklich hereingebrochen, das Tageslicht in die blaue Phase übergegangen, dann brach die Dunkelheit herein, aber durch tausend Lampen der Stände erhellt. Nach einigen Glas Sekt aus einheimischer Erzeugung war Doris zu Weißwein und Felix zu Rotwein übergegangen. Das feuerte die Sinne an, vielleicht war es auch die anregende Stimmung des Abends oder die Leichtigkeit des festlichen Trubels, jedenfalls war ihnen plötzlich nach inniger Zweisamkeit zumute.

Was sollte man in solch einer prickelnden Situation im spätjugendlichen Alter auch tun? Im Weinberg der Hafners stand eine alte Hütte als Unterstand und für diverse Gerätschaften, wie wir sie vielfach mitten in den Reben der Ortenau oder anderswo sehen. Hand in Hand und zwischendurch einige erregende Küsse austauschend, schlichen sie im Dunkeln dorthin. Innerhalb der Hütte gab es weder Liegestühle noch Matratzen, aber ein paar Gartenstühle und mehrere Ballen Stroh. Sie dienten als Sitzplätze zum Vespern oder zwischendurch einmal kurzem Ausruhen im Schatten, während der harten Arbeit im Gelände und wenn die Sonne heiß von oben brannte. Die Hütte hatte nach zwei Seiten schlichte Glasfenster in schon etwas sehr verwitterten Rahmen. Durch sie schien diffus das Mondlicht vom wolkenfreien und sternenklaren Himmel hinein und schuf zwischen Schaufeln und Haken eine skurrile romantische Szenerie. Das nahmen die Verliebten nur am Rande zur Kenntnis. Zu sehr drängte das Verlangen, sich körperlich näher kennenzulernen. Sie liebten sich, wie es nur der Hunger nach körperlicher Liebe zu fordern vermag und sie blieben sich nichts schuldig.

Von einer Pille hatte Doris zwar schon gehört, sie aber bisher noch nie genommen. Hinterher hatte sie ein wenig die Befürchtung und meinte: „Hoffentlich bin ich jetzt nicht schwanger geworden." „Ja und wenn, gab sich Felix gelassen. Das war mir das Vergnügen mit dir wert." Sie gab ihm nochmals einen dicken Kuss. Die heimliche Befürchtung zeigte sich bald aber als unbegründet, ihre „Tage" stellten sich wieder pünktlich ein. Danach bedrängte sie aber doch den Hausarzt, dass er ihr die Pille verschrieb und die nahm sie dann wohlweislich vorbeugend.

Drei Jahre „gingen sie inzwischen schon zusammen", wie landläufig das Verhältnis eines sich eng verbundenen Paares beschrieben wird. Dann war es so weit, sie heirateten im Wonnemonat Mai. Der standesamtlichen Trauung im Rathaus folgte ein spektakulärer Polterabend, den ihnen die Schulkameraden ausrichteten. Ein Handkarren voll gebrauchtem Geschirr wurde zertrümmert und das Brautpaar fegte eine Stunde, bis einigermaßen alle Scherben entfernt und in den Abfallcontainer entsorgt waren.

Die Böllerschüsse aus einem mit Acetylengas gespeisten Stahlrohr hallten ohrenbetäubend durchs Tal. Neben einigen Flaschen weißen und roten Weines gab es Obstler, Zwetschgenwasser, Williams, Mirabell oder wahlweise Zibärtle, den im Tal bekannten und sehr geschätzten hochprozentigen Schnäpsen, welche die Stimmung mächtig anfeuern können. Am darauf folgenden Samstagnachmittag zog alle, und voraus die Kutsche mit dem Brautpaar und den Brauteltern, zur Kirche, wo ihnen der Pfarrer den kirchlichen Segen erteilte. In der Kirche wohnten ihre Freunde und Freundinnen, sowie sehr viele aus den Vereinen und vom Arbeitsplatz, der feierlichen Prozedur bei. Hinterher, nach der Zeremonie, mussten sie vor dem Kirchenportal durch ein Girlanden-Spalier aus Weinreben laufen. Einige Meter weiter, da hatten Schüler am Weg ein Seil gespannt und hielten das getraute Paar an. Passieren durften sie erst, nachdem sie sich mit einer Handvoll auf die Straße geworfener Münzen freigekauft hatten. Gierig krabbelten die Jungs dann nach dem Geld und suchten sorgfältig alles ab, damit auch kein Zehner oder Fünfziger liegenblieb.

Die weltliche Feier im Kreise der Familie, ihren Freunden und vielen Bekannten fand im Hotel Ritter statt und begann mit einem Sektempfang. Natürlich musste es einer von der Durbacher Winzergenossenschaft sein. Dann wurde eine Kaffee- und üppige Kuchentafel hergerichtet und angeboten. Abends servierte das Personal ein mehrgängiges Festtagsmenü und dazu wurden allerlei Getränke nach Wahl gereicht. Dabei kamen auch die Biertrinker nicht zu kurz.

Eine Musikkapelle spielte zwischendurch und die Paare durften das Tanzbein schwingen. Lustige Sketche wurden dargeboten und der Männergesangsverein präsentierte zwei stimmungsvolle Lieder. Das wurde also ein gelungener Abend und es zog sich hin, bis der Morgen schon dämmerte. Erst dann durfte das frisch vermählte Paar endlich nach Hause gehen. Da war es aber immer noch nichts mit der gewünschten Nachtruhe. Einige Freunde hatten sich zuvor heimlich die Schlüssel beschafft und sind in die Wohnung eingedrungen. Erst demontierten sie das Ehebett in alle Einzelteile und dann füllten sie das Zimmer mit Luftballons. Solche Späße gehörten bei Hochzeiten in der Region zum gerne geübten Ritual und entfachten ein mächtiges Hallo unter den Beteiligten.

Nachdem sich die müden Hochzeiter endlich in den Schlafraum vorgearbeitet hatten, mussten sie noch die vielen Luftballons zum Platzen bringen und auch hinterher die Sauerei zusammenfegen. Zwischendurch verlangten die trockenen Kehlen nach Befeuchtung. Die Betten mussten sie ebenfalls wieder zusammenbauen und nachdem das alles erledigt war, lohnte es sich kaum noch sich schlafen zu legen. Sie taten es trotzdem, denn beide waren zum Umfallen müde. Was sonst zu einer vergnüglichen Hochzeitsnacht gehörte, das holten sie später nach, das war nicht mehr ganz so wichtig, denn diesbezüglich war man schon lange nicht mehr taufrisch.

Tags darauf erholten sie sich von der strapaziösen Feier und einen weiteren Tag spätere reisten sie mit dem eigenen Auto nach Venedig. Ihr Wunsch war eine ganz altmodische, traditionelle Hochzeitsreise in die Lagunenstadt an der Adria in Italien, wo sie eine Woche im Honeymoon zubringen durften.

Ihre Hochzeitssuite bezogen sie – man war ja sonst bescheiden – in einem gehobenen 4-Sterne-Hotel in Lido di Jesolo, das zu den ältesten Badeorten in Italien zählt. Das Domizil war nur rund 20 Kilometer von der Lagunenstadt entfernt und in diese kamen sie bequem mit den stündlich verkehrenden Linienschiffen. Der mehrtägige Aufenthalt wurde ihnen unvergesslich, und sie nahmen viel mit, von den berühmten Sehenswürdigkeiten der melancholischen Lagunenstadt oder „Venedig die Schöne", wie die Stadt verklärt bezeichnet wird. Am Markusplatz, rund um die Rialtobrücke am Canal Grande und anderen Plätzen wimmelte es nur so von Touristen, bei weitem aber noch nicht, wie Jahre oder Jahrzehnte später, wo die riesigen Kreuzfahrtschiffe täglich tausende Passagiere zu den obligatorischen Stadtbesichtigungen ausgespuckt haben.

Doch das ist jetzt alles schon sehr lange her, oder so kam es ihnen im Rückblick vor. Die Jahre kamen, wo ihnen nach und nach in gewissen Abständen drei Kinder geschenkt wurden. Da ist Leon mit 16 Jahren der älteste, dann folgte Helga, die dreizehn Jahre zählt, und Maria das Küken und jüngste der Kinder kommt auf 11 Lenze.

Das Ehepaar mit den Kindern gehört der katholischen Kirche an, wie die meisten Bewohner des Dorfes. Nur regelmäßige

Kirchgänger im strengen Sinne sind sie beide nicht; sind sie noch nie gewesen. Eher sieht man sie bei den katholischen Hochfesten an Weihnachten und Ostern in der Kirche oder sie nehmen, wenn es geht, am Fronleichnams-Umzug teil. Natürlich gab es zudem einige außergewöhnliche Ereignisse, wie sie das Leben bietet, das waren Taufen, Beerdigungen und Hochzeiten, sowie einige andere kirchliche Feiern, was ihre Anwesenheit in der Kirche St. Heinrich quasi zur Pflicht machte. Aber auch so pflegten sie zum Gemeindepfarrer durchaus eine familiär-freundschaftliche Verbindung, und wenn für irgendeine Kollekte gesammelt wurde, ließen sie sich nicht lumpen.

Waren sie bei Wanderungen in deren Nähe oder sie kamen dort vorbei, schauten sie gerne in die Brandstetter Kapelle rein, die am Übergang nach Bottenau steht. Die Kapelle steht direkt an der Badischen Weinstraße, die von Baden-Baden bis nach Weil an der Schweizer Grenze verläuft; eine sehr zu empfehlende Panoramastraße. Im Innern der Kapelle zündeten sie eine Kerze an, hielten kurz Inne und erhofften sich, mit dieser gottgefälligen Geste von Schicksalsschlägen verschont zu bleiben.

Manchmal gingen sie in einer Gruppe dort vorbei, dann stimmten einige gerne, unter Ausnützung der besonderen Raumakustik, das eine oder andere Volkslied oder ein sakrales Kirchenlied an. Sie waren alles aktive Sänger und es waren, sowohl bei den Frauen, wie den Männern, immer gute und sichere Stimmen dabei. Entsprechend wohlklingend und zu Herzen gehend, hörten sich diese spontanen Vorträge dann an und erfreute manchmal sogar Spaziergänger, die gerade zufällig vorbeikamen, stehen blieben und gebannt lauschten.

Hinterher ging die Wanderschar weiter zum Platz der weniger bekannten, nur etwa 250 Meter vom Schloss Staufenberg entfernten Burgruine Stollenberg. Wenige Mauerreste und Erhebungen zeugen noch von der einstigen Ritterburg, die weitaus älter ist wie das benachbarte Schloss. Im Ritterschloss soll eine sagenumwobene Melusine (eine Sagengestalt aus dem Mittelalter) gelebt haben, die manchem Mann den Kopf verdrehte, und gewisse Zeitgenossen behaupteten: „Ein Melusinen-Schatz ist irgendwo zwischen den Felsen verborgen". [18]) Heimlich gesucht haben schon viele, gefunden hat ihn bisher leider noch niemand.

Nach den Exkursionen in die geistige Besinnlichkeit der Kapelle und in die Geschichte, in die Vergangenheit einer längst verschwundenen Burg, strebten die Wanderer durstig und hungrig alsbald dem Restaurant im Schloss zu. Dort genehmigten sich ein oder mehrere Viertel Durbacher Wein, und sie blieben dann meistens auch noch zum Vesper oder Abendessen sitzen, wenn das Wetter und die Temperaturen den Aufenthalt auf der Terrasse es zuließen. Die Aussicht von diesem Platz aus, dem erhabenen Punkt über den Weinbergen, der war einfach unbeschreiblich. Beim Blick über das Dorf kam unglaublicher Stolz auf und die Liebe zur Heimat kam durch, die Freude, Bürger eines solch landschaftlich begnadeten Dorfes sein zu dürfen.

Schon der Vater von Felix – Erich Hafner - hatte als Schlossermeister einen handwerklichen Beruf gewählt und ausgeübt, der nichts mit Wein zu tun hatte. Trotzdem blieb er lebenslang mit den Winzern eng verbunden und oft wurde er um Hilfe gebeten, wenn es irgendwo ein Werkzeug anzufertigen, wo er etwas schweißen und spengeln musste. In einer Landwirtschaft gab es immer etwas irgendwo an Geräten und Maschinen zu schrauben und zu basteln, da ging die Arbeit für ihn nie aus. Und jedermann bemühte sich um seine Gunst, den mit einem guten Handwerker durfte man es nie verderben, wenn man die nötigen

---

[18]) http://www.museum-durbach.de/heiteres-und-geschichtliches/s-a-g-e-n/die-melusinensage-von-schloss-staufenberg.html

Arbeiten nicht selber machen wollte und auf schnelle Ausführungen angewiesen war.

Viel zu tun hatte Erich Hafner auch bei seinem Vater, dem Großvater von Felix, der bis ins hohe Alter seinen kleinen Weinberg pflegte und oft Unterstützung brauchte. Das war vornehmlich während der Lese der Fall und dann speziell im Alter, wenn Anton wegen seiner zunehmenden Gebrechlichkeit nicht mehr gut zu Fuß war, und die beschwerlichen Wege im Weinberg kaum noch zu bewältigen vermochte.

Da war Erich Hafner selbstverständlich zur Stelle und half dem Vater mit allen Kräften und mit Herzblut. Das ging schon im Winter beim Rebschnitt los und endete im Herbst nach der Hauptlese. Selbstredend wurde seine Hilfe nicht durchgehend gebraucht. Seine eigene Arbeit ging weiter nebenher. Die einzelnen Rebsorten wurden ja zu unterschiedlichen Zeiten gelesen und begonnen wurde in der Regel mit dem Müller-Thurgau. In manchen Jahren endete es mit Spätlesen oder seltener sogar frühmorgens bei minus 7 bis 10 Grad, wenn mitten im Winter ein Eiswein um 5 Uhr von den Stöcken eingeholt werden wollte. Solche Spezialitäten waren für jeden Winzer das Tüpfelchen aufs „i" und ein gelungener Beweis für Instinkt und viel Erfahrung im Weinbau.

Leider ist Erich Hafner vor Jahren nach kurzer Krankheit und kaum, dass er Rentner geworden war, überraschend gestorben und ein Jahr später folgte ihm seine Frau nach. Die Eltern von Doris dagegen leben noch und sind öfters bei den Hafners und vor allem bei den familiären Festen unter den gerne gesehenen Gästen anwesend.

Eine intakte, harmonische Familie gilt noch etwas auf dem Land, und in einer dörflichen Gemeinschaft hilft man sich immer wo Not am Mann ist, da ist einer für den anderen da. Das galt natürlich sowohl für die Feierabend- oder Wochenendarbeiten bei den Eltern und Großeltern im Weinberg, manchmal auch bei anderen Winzern während der Hauptlese, wenn Hochbetrieb in den Weinbergen herrschte und jede Hand gebraucht wurde.

Welche Kollateralschäden solchen Engagements zuzurechnen sind, wird kein Statistiker jemals erfasst haben, denn natürlich wurde zum Schluss ordentlich getrunken, Geschäfte abgewickelt, Liebschaften angebandelt und die Sinne befeuert. Das blieb nicht immer ohne Folgen.

Unter diesen Voraussetzungen blieb es gar nicht aus, dass sowohl Felix Hafner, wie auch seine Frau sich im Metier Weinbau bestens auskannten, fundierte Grundkenntnisse besaßen und genau wussten, welche harte und mühsame, manchmal auch zeitraubende Arbeit mit so einem Stück Land auf sie zukommen würde. Ohne Enthusiasmus und Begeisterung ging das nicht und genau das war es, was sie auch zu diesem Abenteuer reizte.

Um im Vollerwerb davon leben zu können, dazu war der geerbte Weinberg allerdings zu klein. Auf der anderen Seite gehörte es zur Verpflichtung in der bäuerlichen Tradition, dass man einen Weinberg, zumal in bester Lage, nicht einfach ausschlug oder gar brach liegen lässt. Verkaufen, das kam für die Familie schon gar nicht infrage; für kein Geld der Welt. In konservativen Landstrichen verkauft niemand freiwillig Grund und Boden.

Bedingt durch das Alter, und dann dem Tod des Großvaters, war das Grundstück inzwischen wohl ein wenig vernachlässigt worden. Noch schwerer wog, die Anlage entsprach nicht mehr dem neuesten Stand und eine rationelle Bewirtschaftung wäre nicht möglich geworden. Die Rebstöcke am steilen Hang standen bisher viel zu eng, um sie sinnvoll mithilfe eines Traktors bearbeiten zu können. Die überwiegende Rebsorte Müller-Thurgau entsprach auch nicht mehr dem heutigen Geschmack und den Vorlieben der Kundschaft. Die Welt liebt die deutschen Riesling-Weine – den Klingelberger, wie er in Durbach genannt wird – und noch gefragter sind im mittelbadischen Raum die Spätburgunder-Sorten, Regent oder Grauburgunder. Da gab es also einiges zu tun, umzustellen und den neuen Anforderungen anzupassen.

Andererseits hätte es genug Interessenten gegeben, die das Grundstück gerne kaufen wollten und lukrative Angebote lagen wohl auf dem Tisch. Sogar die unmittelbaren Nachbarn Edgar Bross und Friedhelm Kern waren sehr interessiert und klopften mehr als einmal bei Felix an. „Felix, wenn'de nit nur on einen vun uns vekaufe willsch, dann deils doch, gib im Edgar un mir jewils d'Hälfdig", bot Friedhelm freundschaftlich an (wenn du nicht alles an einen von uns verkaufen willst, dann gib doch jedem die Hälfte). „Mr zahle d'r au e'gueder Pris." (Wir bezahlen dir auch einen guten Preis). Es half nichts, Felix wollte nicht verkaufen und verkaufte nicht.

Nach langen Überlegungen hin und her und erhellenden Gesprächen mit Fachleuten machten die Eheleute gemeinsam erst einmal einen Plan. Sie überlegten sich, ob das alles nebenbei zu bewerkstelligen sei und welche Anbauformen Zukunftschancen haben werden. Dann überschlugen sie den Rahmen des Investitionsaufwandes und ob sie das aus eigenen Mitteln stemmen können, denn Bankschulden machen, das kam für die Eheleute auf keinen Fall infrage. Sie wollten nicht von irgendjemand abhängig werden.

Nach der sorgfältigen Abwägung von Für und Wider entschlossen sie sich nach Wochen: „Wir stellen uns der Sache und gehen das Projekt engagiert an. Halbe Sachen machen wir nicht, deshalb muss es gut werden." Damit waren die Würfel gefallen. Nun ging es darum, die eigenen Kenntnisse zu vertiefen.

Trotz seiner eigenen Erfahrung und den Vorkenntnissen, beschäftigte sich Felix aber zusätzlich mit der passenden Literatur und wälzte Fachbücher, damit er auch theoretisch auf dem neuesten Stand der Önologie sich wähnen durfte. „Halbe Sachen sind nicht mein Ding. Wenn ich mich für etwas entschieden habe, dann will ich auch ein Fachmann auf diesem Gebiet sind und mitreden können. Dann macht mir hinterher auch keiner etwas vor", gab er sich selbstbewusst. Das war für ihn keine Frage der Hektarfläche, sondern ein Prinzip.

Oben: Der Hummelswälder Hof, unten: Brandstetter Kapelle

4

Ein neuer Weinberg

Nachdem für die Hafners die Entscheidung gefallen und der Wille da war, nun unter die Winzer zu gehen, entwickelte das Ehepaar richtige Begeisterung für die Sache. „Wenn schon Weinberg, dann muss es aber im biologischen Landbau, umweltgerecht und Naturschonend sein." Sie legten Wert darauf, dass der von ihnen angebaute Wein – ihr Wein – naturbelassen sein muss. Das muss schon im Weinberg beginnen und später ohne jegliche Schwefelung gehen, und eventuell auch ungefiltert im Ausbau. „Natur und Umwelt haben jedenfalls einen absoluten Vorrang für uns", so war ihr gemeinsamer Entschluss.

Der Genießer soll die unverwechselbaren Eigenschaften des Weinbergs und den Untergrund schmecken können, der Wein soll einzigartig sein und zu den Genießern wollten in erster Linie sie selber zählen: „Warum würde man sonst das alles machen wollen? Davon leben müssen wir nicht, das ist und bleibt für uns ein Hobby; eine Passion." Zudem war man sich dies in der Verpflichtung in der Liebe zur Natur und einer gewissen anthroposophischen Grundeinstellung schuldig. Somit war es zwingend notwendig, den bisherigen Anbau und die Bearbeitungsmethoden total umzukrempeln. Nicht radikal, auch andere fuhren schon auf dieser Schiene, aber da und dort brauchte es neue Methoden und da gab es noch einiges zu lernen.

Schon im Winter ging Felix mit Enthusiasmus und Begeisterung sowie der Hilfe von Freunden daran, nachmittags und an den Samstagen die alten Weinstöcke zu entfernen. Sie wurden mittels Traktor und Seilwinde regelrecht dem Boden entrissen und die relativ überschaubare Fläche radikal abgeräumt. Die bisher verwendeten Holzpfähle wurden entsorgt und gegen neue, langlebigere aus verzinktem Edelstahl ausgetauscht, an dem sich zudem die Befestigungsdrähte besser fixieren lassen.

Der Boden wurde intensiv bearbeitet und mit einer Menge Mist aufgelockert und angereichert. Überdies ging Felix höchst pragmatisch vor. Statt die neuen Rebstöcke traditionell in der Vertikalen am steilen Hang zu setzen, wie es seit alters her Tradition war, legte er Querterrassen an. Die dafür notwendigen Erdbewegungen nahmen viel Zeit in Anspruch. „Was wir jetzt investieren, macht es uns später deutlich leichter. Das ist mir der Mehraufwand wert", argumentierte er zu dieser Entscheidung. Nach der Bodenbearbeitung und einer angemessenen Ruhezeit, pflanzte er die neuen Stöcke in der Horizontalen. Das erlaubte später erstens die Befahrung mit einem schmalen Weinbergschlepper und zweitens bei allen notwendigen Arbeiten und selbst bei der Lese hatten er und seine Helfer es deutlich leichter. Mit beiden Beinen gerade stehen ist kräfteschonender, als über Stunden unbequem am steilen Hang herumzurutschen.

Welche Knochenarbeit sein Großvater einst jahrzehntelang verrichtete war ihm sehr schnell wieder bewusst geworden. Wie schon erwähnt, hatte sich dieser nach dem Krieg vom Dorfschmied ein paar Steigeisen anfertigen lassen, die er unter seinen Schuhen befestigte, damit er im steilen Gelände überhaupt stehen konnte. Noch heute erinnert sich Felix, wie sein Opa öfters in weinseliger Laune mit gewissem Stolz von seiner genialen Idee schwärmte. „Für die Idee hätte er sich ein Patent geben lassen müssen", spotte er lächelnd im Gedenken an diese Story seines Vorfahren.

Die Idee war dem Großvater in den Bergen gekommen, denn schon früh zog es ihn als begeisterter Bergwanderer nach Berchtesgaden, zur Zugspitze, in die Schweiz und nach Österreich. Anfangs machte er das noch mit dem Motorrad, später fuhr er mit dem Mercedes. Das war dann schon komfortabler, da konnte er drei oder vier Freunde mitnehmen und hatte noch genug Platz im Kofferraum für die Rucksäcke.

„Ich habe nie trainieren müssen. In den Reben habe ich bei allen Arbeiten von oben nach unten gearbeitet und bin dann aufwärts gerannt. Das verschaffte mir über Jahrzehnte eine dauerhaft gute Kondition, sodass ich meistens meinen Kameraden hoch überlegen war", erzählte er schmunzelnd im Kreise der Familie, wenn wieder einmal die Berge Thema der Gespräche waren. Auch da fand er bei seinem Sohn Erich, dem Vater von Felix, leider keinen Nachahmer. Der blieb lieber beim Wandern – wenn er überhaupt dazu Lust hatte – alleine dem Schwarzwald treu. „Beim Schwingen des Hammers und der Montage schwerer Metallteile habe ich Sport genug, da verbrauche ich mehr Kalorien als alle sogenannten Freizeitsportler", entgegnete er etwas spöttisch und standhaft bei den Diskussionen über Sinn und Nutzen von Sport und damit unmittelbar zusammenhängend, der Gewichtsreduktion.

Jetzt, unter dem Aspekt der Schilderungen seines Großvaters, entschied sich Felix für die einfachere Methode. Die ersten Versuche mit dieser Anbauform wurden meines Wissens Jahrzehnte zuvor am Kaiserstuhl gemacht und sie hat inzwischen in vielen Weinanbaugebieten, besonders in den Steillagen an der Mosel, Nachahmer gefunden.

Und da Felix Hafner schon beruflich umweltbewusstes Verhalten in Fleisch und Blut übergegangen war, war auch klar, sein

Weinberg der muss rein biologisch behandelt und nachhaltig bewirtschaftet werden. Die Voraussetzungen dafür waren nun geschaffen.

Gestockt wurde ein Spätburgunderklon, eine spezielle Rebsorte mit der Bezeichnung „Freiburg" des Staatlichen Weinbauinstituts Freiburg und einer beim Bundessortenamt gemeldeten Sorte. Seine Nachbarn im Weinberg und die Winzer im Dorf wunderten sich über den Alleingang und es gab allerhand zu reden. „Der Hafner Felix muss natürlich wieder einen Sonderweg gehen. Der Klingelberger oder unsere althergebrachten Spätburgunderreben, die schon seit Jahrzehnten unser Auskommen sichern, sind ihm nicht gut genug." Doch solche Bemerkungen nahm Felix gelassen oder konterte mit fachlich fundiertem Wissen und Hinweise auf den Rat namhafter Önologen.

Wieder andere wollten gezielt von ihm wissen: „Felix, warum pflanzt du denn gerade diese Klonsorte?" Auch da war er nicht verlegen und informierte: „Die hohe erbliche Variabilität verspricht als Selektionsziel ein höheres Mostgewicht, gute Blühfestigkeit und überdurchschnittlich gute Weinqualität. Glaubt mir, was ich anbaue, ist eine der Sorten für die Zukunft, um damit auch im Nebenerwerb etwas Geld verdienen und insbesondere die gehobenen Wünsche der Kundschaft bedienen zu können", gab er ihnen selbstbewusst zur Antwort. Wer ihn kannte, wusste, der Hafner ist kein Dummkopf. „Was der macht, das macht er überlegt. Vielleicht können wir noch etwas bei ihm abschauen." Damit war man zufrieden und ging bald zur Tagesordnung über.

In wochenlanger, mühsamer Gemeinschaftsarbeit gleich nach dem Winter, war also der geerbte Weinberg in den Steillagen nahe dem Schloss Staufenberg hergerichtet worden; die Jungpflanzen ruhten schon in der Erde. Der nächste Schritt wurde eingeleitet. Mit einer Schlagkatze wurden Stück für Stück die

Endpflöcke gesetzt, wie auch im regelmäßigen Abstand zahlreiche Pfähle eingerammt. Letztlich waren auch noch die Drahtpaare zeitaufwendig in vier Lagen zu befestigen und mit Drahtspanner versehen worden, die später den Trieben Halt und die Richtung geben sollen.

Und noch eine weitere Besonderheit kam hinzu, die auch erst in den letzten Jahren da und dort praktiziert wird. Alle Welt spricht von Klimaveränderungen und es wird prophezeit: „Die Sommer sollen heißer und trockener werden." Dem galt es rechtzeitig vorzubeugen. Das Bewässern mit Tankwagen, wie es der Großvater in sehr heißen Sommern noch tun musste, ist längst out. Felix Hafner legte gleich Schlauchleitungen aus Kunststoff in die Neuanlage, mit denen an heißen Sommertagen die Anlage und einzelne Stöcke mit Tropfbewässerung versorgt werden können. Gerade in den voll von der Sonne beschienenen Südwestlagen wird das im Hinblick der Klimaerwärmung immer wichtiger werden und ist gerade in den ersten Jahren nicht nur hilfreich, sondern zwingend notwendig, wenn die Wurzeln der jungen Stöcke noch nicht so tief getrieben haben und der Stock ausreichend Wasser verlangt.

Sämtliche Maßnahmen waren mit einer Heidenarbeit verbunden und kosteten viel Schweiß. Da wunderte ihn nicht mehr, dass viele Kollegen in der Ortenau inzwischen dazu übergegangen sind, solche Neuanlagen oder umfangreiche Veränderungen durch professionelle Dienstleister, die darauf spezialisiert sind und über alle nötigen Gerätschaften verfügen, zu beauftragen. Das ist zwar nicht billig, aber nicht alle haben Zeit und genügend Helfer, die unterstützend bei so einer Aktion mitwirken. „Ohne Investitionen kein Gewinn, ist schon ein alter kaufmännischer Grundsatz", sagte er dazu und seine Frau pflichtete ihm bei.

Seine Frau und Sohn Leon hatten ihm bisher auch tüchtig mitgeholfen, und immer wieder, soweit es die Zweit zuließ, seine besten Freunde Ralf und Rainer, die er seit den Schultagen kannte. Gelegentlich kamen dann noch Helfer aus den Vereinen dazu, die gerne einige Stunden opferten.

„Da haben es die Vollerwerbswinzer heute viel leichter. Sie können es sich leisten, einen spezialisierten Dienstleister zu beauftragen oder haben zumindest einen auskömmlichen Maschinenpark, um damit die schwerste Arbeit anzugehen", sinnierte Felix nach Abschluss aller Maßnahmen.

Er und seine Frau haben alles – oder weitgehend alles – wenn man von der Entfernung der Altstöcke und den Erdbewegungen absieht – in reiner Handarbeit bewältigt. Das hat eine schöne Summe Geld gespart und sie durften durchaus stolz auf ihre Leistung sein. Die Anlage sah nach dieser aufwendigen Schufterei perfekt aus und die Symmetrie erfreute das Auge. Für einen Perfektionisten wie Hafner war das selbstverständlich: „Do moch i kei Fisimatenten" (Da mache ich keinen Unsinn). [19])

Nach Wochen und unzähligen Stunden schweißtreibender Arbeit war das Werk glücklich vollbracht. Die Stöcke standen exakt gesetzt in Reih und Glied und waren schön bewässert. „Nun können sie austreiben und hoffentlich werden alle anwachsen; toi, toi, toi". Zum Schluss wurde noch ein Glas Spätburgunder in die Anlage gegossen, was gewissermaßen ein Akt der Taufe sein sollte.

Die Eheleute Hafner waren stolz auf sich und mit dem gelungenen Werk vollkommen zufrieden. „Ich muss damit leben, ein Genie zu sein", gab Felix zum Besten und Rainer klopfte ihm auf die Schulter: „Awa, Felix, du Babbler, was hätsch blos gmocht, wem'r d'r nitt geholfe häde, wem'r uns nicht so für di abg'raggert häde, wie?" (Ach was, du Schwätzer, was hättest du gemacht, wenn wir uns nicht so für dich geschunden hätten).

---

[19]) https://de.wikipedia.org/wiki/Fisimatenten

Nach den erfolgreich abgeschlossenen einzelnen Arbeitsschritten, sowie am Ende der Pflanzungen und was sonst noch damit zusammenhing, lud Felix zwischendurch alle Beteiligten in eine Besenwirtschaft ein. Dafür hatte er den urigen Hummelswälder Hof gewählt, der am Waldrand auf der anderen Talseite, nahe dem Übergang zur Bottenau Speisen und Getränke aus eigener Erzeugung bietet. Im Bauernhof gibt es allgemein für den Gast nicht nur Wein und Most aus eigener Herstellung, sondern deftige Hausmacherkost: Schwarzwurst, Leberwurst und der legendäre „Bibbeleskäs" (ein Quarkkäse mit Zwiebeln und Schnittlauch). Der Hof ist weithin bekannt und viele Wanderer, die hier auf ihren Wegen durchkommen, machen gerne Rast oder steuern den weithin bekannten Hof gezielt an. Solche bäuerlichen Selbstvermarkter sind im Schwarzwald in den letzten Jahren sehr im Kommen. Sie bieten dem Gast etwas für alle Sinne. Das sind nicht nur sehr schmackhafte Speisen und Getränke, so wie man sie noch aus Omas Zeiten kennt, sie verströmen eine besondere Atmosphäre. Da atmet die von der Stadtluft strapazierte Lunge würzige Landluft ein, freilaufende Hühner rennen gaggernd durchs Gelände und ein Kätzchen streicht schon mal schnurrend um die Beine. Neuerdings sieht man auf dem Gelände solcher Gehöfte nicht nur Pferde und Kühe oder Ziegen, sondern auch so exotische Tiere wie Kamele oder Alpakas, was vor allem die Kinder anzieht und begeistert.

„Wer hart gearbeitet hat, braucht Nahrung für die Muskeln", pflegte Felix zu sagen. Deshalb war es ihm wichtig, allen, die ihm in den vielen Wochen bei seiner Arbeit helfend zur Seite gestanden waren, kulinarisch zu erfreuen. Zu diesem Anlasse hatte der Bauer extra eine Besonderheit des Hause vorbereitet und ein Spanferkel am Spieß gegrillt. Jedes tranchierte Stück Fleisch brachte er mit knuspriger, pikanter Schwarte auf den Teller. Nach der deftigen Speise hatte er hinterher noch jedem seiner Helfer ein edles, aromatisches Zibärtle auf den Tisch bringen lassen, sich nochmals wortreich für die Unterstützung bedankt und dann prostete er ihnen zu und wünschte ein: „Uff eure Gesundheit, und dass die Sonne nun meinen Weinberg umschmeichelt." Das Zibärtle ist eine einheimische Schnapssorte, die aus einer wilden Heckenpflaume gewonnen wird und in der Ortenau eine ortstypische Rarität darstellt. Es besticht durch ein feines, unverwechselbares Aroma und läuft wie Öl durch die Kehle. Noch vor 30 Jahren wurde dieser Schnaps nur unter Kennern kredenzt. Es gab einfach zu wenig davon. Dabei ist diese Sorte, neben dem Tobinambur oder auch „Rossler" und „Borbel" bekannt, wie die Einheimischen hier den Schnaps nennen, ein Erzeugnis, das wohl nur in Mittelbaden hergestellt wird und einzigartig für die mittelbadische Region ist.

Beim Zibärtle oder der Zibarte ist die Mengenausbeute relativ bescheiden, deshalb war früher der daraus gewonnene Schnaps teuer. Man trank ihn unter Kennern lieber selber, anstatt sowas edles zu verkaufen. Die Frucht wurde schon in der Jungsteinzeit geerntet und verarbeitet. Inzwischen werden in einigen Durbacher Lagen, ebenso in der benachbarten Bottenau und einigen anderen Regionen, die Bäume wieder kultiviert und das Angebot hat deutlich zugenommen. Das sprach sich längst herum und der Schnaps wird zunehmend beliebter. Auf den bevorzugten Wandertouren rund um Durbach finden wir heute immer mehr bäuerliche Betriebe, die diese Schnäpse als Selbstvermarkter am Hof anbieten. So mancher Wanderer hat schon gerne heimlich vom Angebot Gebrauch gemacht und musste hinterher mit schweren Beinen weiterwandern. Doch keine Sorge, nach zwei, drei Kilometer Weg war der Alkohol schon wieder „verdunstet".

Der Sommer zog mit heißen Tagen ins Land und die Luft über den Weinbergen von Durbach flimmerte in der Mittagshitze. Seit Wochen waren immer wieder Pflegearbeiten im neuen Weinberg angefallen, damit das Unkraut nicht überhandnahm. Mit der Motorsense wurde es zwischen den neuen Stöcken kurz gehalten. Immer wieder prüfte Felix, oft begleitet von seiner Frau und dem Sohn oder einem der Mädchen, ob alle Stöcke richtig angewachsen sind und gut gedeihen konnten. Er konnte auch bei kritischer Betrachtung mit allem sehr zufrieden sein. Alle hatten ein wachsames Auge auf alle Details. Und natürlich konnte es bei diesen Arbeiten nie knochentrocken zugehen. Im Kofferraum eines Autos fuhr er eine Kühlbox mit und die enthielt, neben Mineralwasser, auch einige Flaschen Klingelberger und Spätburgunder. Für die nötigen Vesper-Pausen zwischendurch stand eine Biertischgarnitur auf dem Weg bereit. Hier wurde gegessen und einige Gläschen Wein getrunken. Nebenbei machten lustige und deftige Witze die Runde, oder alte Begebenheiten aus der Schul- und Jugendzeit, dem Dorfleben wurden glossiert. Klatsch und Tratsch gehört selbstverständlich immer mit dazu, und wenn irgendwem, irgendwann ein Lapsus passiert ist, feierte die Schadensfreude urtümliche Triumphe.

Wie überall in der Welt sind Winzer von Natur aus sehr erdverbundene Menschen; in der Regel fröhlich und ausgeglichen, und so geht man auch locker miteinander um. Wer kennt nicht den alten Spruch: „Wer nicht liebt Wein, Weib und Gesang, der bleibt ein Narr sein Leben lang." Noch so ein Spruch hatte Felix parat: „Ärzte haben festgestellt: Ein Glas Wein am Tag ist die beste Medizin. Daher kommt das Wort Schluckimpfung."

Mitten im Sommer und an einem Samstagabend hatte Felix seine Helfer, viele Freunde und einige aus den Vereinen, sowie ein paar Kollegen aus der Firma, zu einem zünftigen Grillabend eingeladen und wo sollte der stattfinden, wo würde das am besten passen? Nicht bei sich zu Hause, nein, direkt im Weinberg – und welches Glück – das Wetter spielte an diesem lauen Abend perfekt mit. Das war gut so, denn die schon erwähnte, legendäre Weinberghütte hätte nicht für alle Personen einen trockenen Platz bieten können. Da hätte er schon ein mittelgroßes Zelt aufstellen müssen.

Stolz wollte er bei dieser Gelegenheit einmal allen zeigen, was aus seinem Vorhaben, aus seinem Werk geworden ist, und wie es sich sein Weinberg in den letzten Monaten entwickelt hatte. Auf dem Zufahrtsweg hatte Felix einige Biertische und genug Klappbänke aufgestellt und der Mittelpunkt war sein großer Schwenkgrill. Solch einen Schwenkgrill hatte er während einer Geschäftsreise im Saarland gesehen und erfahren, die Saarländer sind begnadete Grillspezialisten. Zu dieser Spezies zählte er im Grunde nicht, aber die Idee des Schwenkgrills faszinierte ihn, das fand er genial gut. Schnellentschlossen bastelte er so ein Dreibein-Gestell aus Edelstahlrohr, mit einem, in der Länge verstellbar an Ketten hängenden kreisrunden Rost. Der Rost konnte auf diese Weise in der Höhe variabel verstellt werden; etwas höher oder tiefer gehängt, so konnte mit der Grillhitze variiert werden. Sein Werk fand allgemein Bewunderung und viel Lob. Da gab es später mit Sicherheit manchen Nachahmer.

Zwischendurch wurde der gesellige Abend durch einen farbenfroh-leuchtenden Sonnenuntergang gekrönt. Blutrot versank die Sonne langsam über dem Vogesenkamm und zauberte prächtigste Farben an sich dunkelnden Himmel. Langsam ging der abnehmende Tage in die blaue Phase über und warf da und dort längere Schatten. Jeder Naturliebhaber musste bei einem solchen Schauspiel sentimental staunen. Das feuchtfröhliche Grillfest wurde schließlich im Fackelschein fortgesetzt, was eine romantische Atmosphäre zauberte und wurde, nachdem frühmorgens sich die Letzten auf den Heimweg gemacht hatten, für die Gastgeber als voller Erfolg empfunden. Neben zwei Kisten Bier „für den Durst", wie die überzeugten Biertrinker meinten, hatte man einige Flaschen Weiß- und Rotweine geleert. Letzteres war dann für den Genuss. Wie immer, bei solchen Gelegenheiten, wurde wortgewaltig und vehement über den Weinbau gefachsimpelt und langatmig diskutiert, verbal über Fußball gestritten; da wurde politisiert und selbst die Kirche mit spöttischen Angriffsspitzen nicht verschont.

Mit dem langsam absteigenden Alkoholspiegel hatten die Gäste in der Feierlaune nicht nur gängige Trinklieder geschmettert, wie: „Mr trinke nur wenn's nix koscht…, oder was nützt uns Geld im Altersheim, bei Nudelsupp und Haferschleim…" und anderen gesungenen Weisheiten. Irgendwann wurde sogar noch das Lied von den Bergvagabunden angestimmt, obwohl das mit Durbach und Wein überhaupt nichts zu tun hat. Aber egal, jeder kannte es und konnte aus lauthals mitgrölen. Der spät in der Nacht nicht mehr streng harmonische Gesang schallte weit ins Tal hinaus. Niemand störte es, denn im Dorf unten war der Stimmungspegel allenfalls gedämpft und aus weiter Ferne vernehmbar. Die Mehrheit der Bewohner lag sowieso schon lange im Bett und in tiefem Schlaf. Wichtig war den Hafners, neben der getanen Arbeit und dem Dank für die Helfer wollten sie den Status eines Weinbauers gebührend gefeiert haben. Nun gehörten sie im Dorf wieder wirklich zu den Winzern. Die Mitgliedschaft in der Winzergenossenschaft wurde beantragt, so wie sie es der Großvater schon war. Der Grund lag einfach darin, dass Felix den Wein nicht selber ausbauen wollte, sondern daran dachte, nach der Lese die geerntete Menge bei der Winzergenossenschaft anzuliefern. Diese hat einen fast ebenso guten Ruf wie die selbstvermarktenden Winzer des Dorfes.

Der Morgen graute schon, als die letzten Zecher aufbrachen und nach Hause wankten, nicht ohne sich für den gelungenen Abend zu bedanken. „Ala, adje mochts gued und schloft no fescht, schont morge eure Meggel", (Adieu, macht es gut und schlaft fest, schont morgen euren schweren Kopf). Der Ralf erinnerte dabei noch mit schwerer Zunge an die frühere Abschlussmoderation des SWF (Sender in Baden-Baden, heute SWR Stuttgart). Regelmäßig endete samstags der Sprecher mit den sinnigen Worten: „Ef-ef-pe-ix, das heißt viel Vergnügen und bleiben sie g'sund". Das war's dann auch, die Hafners konnten ans Aufräumen denken, danach ebenfalls müde geworden ihrem Heim zustreben und anderntags sich schonen.

Sogar das Fernsehen interessierte sich für die Aktion des optimalen naturschonenden und umweltgerechten Weinanbaus. Ein Kamerateam des SWR kam und drehte eine Woche lang an den verschiedensten und sehenswertesten Plätzen des Dorfes und natürlich auch in dem bewussten Weinberg von Felix Hafner. Das musste sich sogar bis nach Baden-Baden herumgesprochen haben. In der Sendung kamen die prämierten Winzer der Weingüter Laible, Männle und Schwörer ausgiebig zu Wort und rühmten ihre beachteten Auszeichnungen, und schließlich durfte auch noch der Bürgermeister die Vorzüge seines Dorfes und des Tales verbal im rechten Licht vorstellen. Mehrere Tage waren die Fernsehleute rundum unterwegs und am Ende brachte der Sender eine Sequenz von wenigen Minuten in der Abendschau. Das war für die Protagonisten dann doch etwas zu wenig und enttäuschend, letztlich tröstete man sich aber, wie es einer vom Dorf sagte: „Nit uf'd längi kummts'o, Hauptsach mir ware im Fernsehe un'd Ort wurd widder emol positiv dargschellt. Des blibt hänge un isch Werbung für uns. Des bringt uns widder Kunde und Urlauber ins Dorf." (Nicht auf die Länge kommt es an, Hauptsache ist doch, wir wurden im Fernsehen wieder einmal positiv dargestellt. Das ist Werbung für uns und bleibt beim Publikum hängen, das bringt wieder Käufer und Urlauber ins Dorf.) Es sollte auch nicht die letzte Sendung gewesen sein, in der man das idyllische Weindorf dem Zuschauer präsentiert.

Blick auf Staufenberg und nach Südwest in die Rheinebene

... und die auffallend horizontal verlaufenden Rebzeilen

5

Prachtvolle Entwicklung

Drei Jahre waren nun schon ins Land gezogen, seit der Entschluss der Hafners feststand, unter die Winzer und Weinbauern gehen zu wollen. Und inzwischen haben sich die gepflanzten Stöcke in der Neuanlage prächtig entwickelt. Die Bearbeitung nach ökologischen Grundsätzen zeigte erste Erfolge. Die Reben erwiesen sich als sehr vital und gesund. Zwischen den Zeilen hatte sich schon eine schöne, gefestigte Grasnarbe gebildet, die dafür sorgen sollte, dass die Feuchtigkeit länger im Boden bleibt, Mineralien nicht ausgewaschen und bei Starkregen die Erde nicht abgeschwemmt wird oder abrutschen kann.

In jedem Jahr hatte Felix Hafner viel Zeit investiert und schon in den Wintermonaten mit den nötigen Schnittarbeiten begonnen. In der Vegetationsphase kümmerte er sich um fast jeden Stock persönlich und manchem redete er sogar gut zu – aber nur, wenn niemand in der Nähe war und es hätte hören können. Der Spott seiner lieben Mitmenschen über seine Marotte wäre ihm garantiert sicher gewesen und man hätte ihn bei der nächsten Fastnachtsveranstaltung sogar gehörig glossiert.

Für die zeitaufwendigen Mulcharbeiten hatte sich Felix Hafner inzwischen einen gebrauchten Deutz Schmalspur-Weinbergschlepper mit Anbaugeräten geleistet und verschiedene Gerätschaften zugelegt; neue Kunststoffwannen gehörten mit dazu. Andere brauchbare Gerätschaften und Werkzeuge waren noch aus des Großvaters Bestand vorhanden. So konnten die anfallenden Arbeiten am Feierabend oder an den Wochenenden gut bewältigt werden. Überdies machte es ihm Freude, und diese Arbeiten boten ihm einen gewollten Ausgleich zur täglichen Schreibtischtätigkeit im Hauptberuf. Sogar Leon, sein Sohn, ging hin und wieder freiwillig gerne mit und half tüchtig dem Vater. Vielleicht setzt er als Erbe die Tradition fort; heimlich hoffte es Felix jedenfalls, wenn er schon so viel Zeit und Energie in eine ganz neue Anlage investiert hatte.

Beim Rückschnitt in den Wintermonaten und Biegen der Haupttriebe, bevor im Frühjahr der Saft ins Holz stieg, stand ihm auch seine Frau Doris zur Seite. Selbst wenn die Reben älter sind und mehr Arbeit bringen, ist – so kalkulierten sie - alles gut in der zur Verfügung stehenden Freizeit zu bewältigen. Die vorhandene Anbaufläche war überschaubar und somit war das Ehepaar vollauf mit dem Zustand zufrieden und glücklich.

Wohl etwas mehr Arbeit machte die Pflege während der Vegetationszeit. Da mussten sie nicht nur Unkraut entfernen und regelmäßig kontrollieren, sondern auch die unteren Blätter abbrechen, damit die Früchte die Sonne optimal auffangen können. Wichtig war dabei das Nötige zu tun, ohne den Stock zu sehr zu belasten. Den Beeren drohte durchaus Sonnenbrand, wenn zu viel entfernt wurde, wie sie es nicht selten in anderen Weinbergen sehen mussten.

Zur Düngung wurde ein extra beschafftes Gemisch mit Pferdemist und anderen Stoffen zugeführt, was den Pflanzen die nötige Robustheit verschaffen sollte. Diesen Dünger haben sie aufwendig und mühsam von Hand verteilt und das kostete Schweiß. „Das erspart mir die Sauna", scherzte Felix, und wenn die Sonne voll vom makellosen Himmel ungehindert ins Tal und auf den Weinberg schien, arbeitete er mit freiem Oberkörper. Somit brauchte er auch kein Solarium.

Bei solcher guten Pflege wunderte es nicht, dass die Rebstöcke prächtig im Laub standen und sich optimal entwickelten, was die Nachbarn durchaus bewundernd feststellten und objektiv bestätigten. „Felix, au als Laie bisch eifach e'Käpsele un'e Viehkerli" (Auch als Laie auf dem Gebiet des Weinbaus bist du begabt und ein super Typ). Das sollte ohne Frage ein Lob sein.

Wie es in einer dörflichen Struktur üblich ist, beobachtete stets aufmerksam einer den anderen und jedermann war schnell zu geistreichen und schlauen Kommentaren bereit. Da kommt bei den Badenern die Verwandtschaft mit den Schwaben durch: „Nit gscholte isch globt gnueg" (Nicht geschimpft ist genug Lob). Irgendwie sind die Badener mit den Schwaben ja doch verwandt, wenngleich es manche gutgemeinten Lästereien, was sich nicht nur auf die Stammtische beschränkt, über sie gibt.

Im ersten Jahr hatte sich bei den Rebstöcken schon ein schöner Stamm ausgebildet. Der Haupttrieb wuchs kräftig und musste zwischendurch nur festgebunden werden. Die Geiztriebe hat man in Wochenabständen entfernt. Im August hatte der Haupttrieb schon die Länge von etwa 1,50 Meter erreicht.

Fast täglich ging Felix in dieser Vegetationsphase in seinen Weinberg, sah nach dem Rechten und hatte ein Auge auf alles. Bodenuntersuchungen gehörten auch dazu, um zu sehen, ob der pH-Wert stimmte, die Düngung ausreichend war. Da kam bei Felix der Sicherheitsfachmann durch. Alles musste penibel durchgeführt und geprüft sein. Auch hielt er nach Schädlingen und möglichem Pilzbefall Ausschau. Der „falsche Mehltau" – Peronospora [20]) – machte in einem feuchten Frühjahr den Winzern besonders viel Sorgen und bei biologischem Anbau darf nur ein Kupferpräparat eingesetzt werden. Immer fand sich etwas zu

---

[20]) https://de.wikipedia.org/wiki/Falscher_Mehltau_der_Weinrebe

wuehle un schaffe (arbeiten) und so wie er, erfreute sich auch seine Frau an der Entwicklung ihrer Schützlinge.

Im Sommer hatte Felix wieder einmal seine Helfer und Freunde mit ihren Frauen zu einem rustikalen Grillabend in den Weinberg eingeladen. Den nötigen Weißwein und Rotwein dafür hatte er sich extra in der Durbacher Winzergenossenschaft besorgen müssen oder genauer gesagt, gekauft, denn einen eigenen Wein konnte er leider noch nicht anbieten.

Bei der Freiluftpartie wurde für den ersten Durst neben Mineralwasser oder Apfelsaftschorle auch ein Weizenbier ausgeschenkt, samt dem allseits beliebten „Tannenzäpfle" der Rothaus-Brauerei, das im Südwesten den Status eines Kultbieres genießt. Solche Getränke durften, bei aller Liebe zum Wein, bei einer zünftigen „Hocketse" (Party) nicht und niemals fehlen.

Dank dem lauwarmen Sommerabend wurde die Partie mit Grillfleisch, Würsten, Bauchspeck und anderen Leckereien vom bewährten Schwenkgrill zu einem gelungenen Fest. „Felix, Doris des kennt'r ruhig öfters moche, do kumme'mr gern. Mr kumme lieber zum Vespere wo scho g'schafft isch", (das könnt ihr öfters anbieten, da kommen wir gerne. Wir kommen lieber zum Essen, wo schon gearbeitet ist), schwelgten hinterher die Gäste begeistert und leicht angesäuselt. Und es ging, wie gewohnt, bis spät in die Nacht dem heraufziehenden Sonntagmorgen zu, während Witze die Runde machten, dumme Sprüche kursierten und weithin lautes „gaggern" und „kichern" hörbar war. Je später es wurde, desto höher stieg der Geräuschpegel bei ungezwungener Unterhaltung und wildem Durcheinandergerede. Bis die Ausdauerndsten und Trinkfestesten sich auf den Heimweg gemacht hatten und heimgeschwankt waren, ging es längst dem neuen Tag zu. Erst danach konnte die Familie ans gröbste Aufräumen denken und im Morgengrauen ebenfalls zufrieden heimwärts ziehen.

Zu Hause bei Doris und Felix war danach immer noch keine Ruhe. Zu sehr waren sie aufgekratzt, wozu der Wein sicher seinen Teil dazu beigetragen hatte. Nicht einmal im Bett fanden sie Schlaf, im Gegenteil, sie waren genau in der Stimmung, in der auch ein Ehepaar im mittleren Alter sich noch einmal jugendlich jung fühlen wollte und sich daran erinnerte, worum es zwei Geschlechter gibt. Nach dem ausdauernden körperlichen Vergnügen fiel Felix ein Spruch ein, den er kürzlich gehört hatte: „Männer und Frauen passen einfach nicht zusammen, außer in der Mitte." Seine Frau lachte herzlich, gab ihm nochmals einen dicken Kuss, danach konnten sie endlich eng umschlungen einschlafen und hielten bis um 11 Uhr am Vormittag durch.

Noch eine andere Besonderheit prägte dieses denkwürdige Jahr. Außer den jeweiligen Geburtstagen in der Familie, im Kreis der Eheleute und ihren Kindern, zusätzlich den Weihnachts- und Oster-Feiertage, feierte Leon im Sommer als besonderes Ereignis die „Firmung" in der katholischen Kirche. In katholisch geprägten Landstrichen ist so eine sakrale Handlung, neben dem „Weißen Sonntag", ein wichtiges kirchliches Fest. Dafür reiste der Weihbischof aus Freiburg extra in Dorf an. Die Familie feierte mit ihrem Sohn das Sakrament gebührend mit vielen aus der Verwandtschaft, und sie hatten alle zum Mittagessen, dem sich Kaffee und Kuchen anschloss, ins Hotel Rebstock eingeladen.

Die Arbeit im Weinberg ging derweil nebenbei und je nach Vegetationsstand weiter. Vor dem Frühjahr im zweiten Jahr schnitt Felix den Trieb zurück, bog ihn aber noch nicht auf den Draht. Der Stamm durfte sich erst noch weiter entwickeln und sollte stabil werden. Auch mussten im Sommer wieder Triebe ausgebrochen werden, denn wichtig war, nur in den Haupttrieb sollten die Kräfte fließen.

Überdies musste das explosionsartig wachsende Gras gemulcht werden. Wieder musste im heißen Sommer des Jahres die Tropfbewässerung ihren Dienst tun. Sogar alle drei Kinder gingen dem Vater öfters gerne mit zur Hand und halfen Triebe richten und fixieren. Die Mädchen interessierten allerdings mehr die Pusteblumen des Löwenzahns oder die rötlichen Ringelblumen die da und dort sich zeigten. Davon pflückten sie im Frühjahr einen farbenbunten Strauß, gemischt mit den leuchtend blauen Traubenhyazinthen, die zwischen den Zeilen üppig sprießten. Überhaupt war es eine Pracht zu sehen, wie die Blumen zarte bunte Schmetterlinge, dicke Hummel und Schwärme von Bienen anzogen. Im Spaß und unverstandener Tierliebe versuchten die Mädchen einen der Zitronenfalter oder den flinken Admiral zu erhaschen. Zum Glück gelang ihnen das nicht. Ein dickes Sträußchen der Traubenhyazinthen und anderen Blumen brachten sie aber hinterher doch der Mama nach Hause mit.

Seine Tätigkeit im Weinberg bereitete Felix Entspannung und Freude, es wurde ihm zum Ausgleich bei der beruflichen Tätigkeit; half „herunterzukommen", oder entschleunigen, wie es heute neudeutsch heißt. Mit den Kollegen aus dem Dorf, mit dem Weinbauberater vom Landratsamt und erfahrenen Fachleuten, tauschte er sich regelmäßig aus. Auf der „Oberrhein Messe" in Offenburg, die jeden Herbst ihre Tore öffnet und das interessierte Publikum einlädt, sah er sich nach geeigneten Gerätschaften um und plante, was er noch anschaffen könnte, was ihm nützlich sein könnte oder die Arbeit etwas erleichtern würde.

Bevor er mit dem Weinbau begonnen hatte, joggte Felix regelmäßig über größere Strecken oder er war mit dem Mountainbike auf den steilen Straßen der Vorbergzonen oder im Schwarzwald unterwegs. „Wer rastet, der rostet", war sein Credo. Selten wurde er dabei von Freunden begleitet, denn denen war er meistens zu ehrgeizig und zu ausdauernd. „Gohts no, konnsch au e mol normal moche" (Geht es noch, kannst du dich auch einmal normal verhalten), wurde er dann gescholten, wenn er seine Begleitung in Grund und Boden gefahren hatte oder davon gerannt ist. „S'isch mer jezit scho grad bigoscht ä bissli dirmlig", klagte wieder einmal einer, der im roten Bereich mitfahrenden oder hinterher hechelnden Kumpels (es ist mir schon ganz schwindelig).

Jetzt, seit er sich regelmäßig im Weinbau betätigte, brauchte er das nicht mehr so häufig. Er war in der frischen Luft und seine Kondition blieb ihm auch so erhalten, er hatte auch nicht mehr so viel Zeit dazu frei. „Einen Tod muss man sterben", erwiderte er fast resignierend, wenn er darauf angesprochen wurde und man ihn auf der Strecke vermisste. Dabei erinnerte er sich an seinen Großvater, der ihm oft stolz davon erzählte hatte, wie er damals zu seiner überragenden Kondition gekommen ist. „Der hat kein Workout gekannt, kein Fitness-Studio gebraucht und er ist trotzdem in den Bergen allen anderen davongezogen."

Das Frühjahr im zweiten Jahr zeigte sich lange nasskalt und war geprägt durch viel Regen mit kalten Phasen. Im Gegensatz zu anderen Weinregionen gab es aber „Gott sei Dank" keinen Frost im geschützten Tal. Trotzdem sorgte das Wetter immer wieder Kapriolen, für einen Nervenkitzel, obwohl man sich bewusst war, noch nicht und eigentlich überhaupt nicht vom Ertrag abhängig zu sein, sondern das Tun als Hobby betrachten und betreiben zu dürfen. Dieses Privileg hatten die hauptberuflichen Winzer nicht. Trotzdem hing einiges davon ab, wie sich der Stock entwickelt. „Nur wenn dies optimal verläuft, ist der Grundstock für die nächsten Jahre gelegt", davon war Felix felsenfest überzeugt. Für seine Schützlinge war ihm nichts zu viel, sie waren ihm regelrecht ans Herz gewachsen.

Zur Schädlingsbekämpfung hatte Felix hauptsächlich Brennesselbrühe, gemischt mit Schachtelhalm, angesetzt und den Sud regelmäßig gesprüht oder gegossen. So ein Extrakt diente, neben der Schädlingsbekämpfung, zusätzlich gut zum Düngen.

So kam er ohne Überraschungen über den Sommer und die Stöcke hatten auch schon die ersten Früchte ausgebildet, wenngleich sich die Menge noch nicht für eine volle Ernte rentierte. „Die Vögel dürfen auch etwas haben", war man sich einig.

Die Ansätze glichen noch eher den in der Ortenau als „Winterholder" bezeichneten Trauben. Das sind solche, die nach Abschluss der Hauptblüte etwas später blühen und somit auch erst später reif sind. Bei der Lese taugen sie vom Gehalt oder den Öchslegraden her nicht für die Ernte und bleiben einfach am Stock hängen.

Früher war es das Recht der armen Bevölkerung, solche nicht geernteten Trauben später holen zu dürfen. Davon pressten sie einen schlichten Most zum eigenen Bedarf. War es im Herbst recht lange sonnig und warm genug, gab das durchaus noch einen brauchbaren Trunk für den Hausgebrauch. Wenn nicht, dann wurde mit Zucker oder anderen süßen Säften etwas nachgeholfen. Diese Praxis ist heute aus der Mode gekommen und nicht mehr üblich. Niemand macht sich noch die Mühe die Weinberge nach Traubenresten abzusuchen und anschließend davon einen „Sauerampfer" (sauren Wein) zu machen, wenn es in jedem Supermarkt günstig Apfelsaft und andere Getränke palettenweise zu kaufen gibt. Also holen sich im Winter die Vögel die Beeren vom Stock, solange sie nicht durch den Frost verfault und abgefallen sind und haben auch etwas davon.

Bis vor noch wenigen Jahren bestand immer die Gefahr durch einfallende Schwärme von Staren, die in kurzer Zeit alle Trauben auf mehrerer Hektar von den Stöcken räumten. Um dies zu verhindern, gingen beauftragte Kinder oder Rentner mit einem Starenschreck durch die Weinberge, andere hatten Lautsprecher installiert, über die in versetzten Intervallen Musik ertönte. Wieder andere ließen in gewissen Zeitabständen laute Böller krachen. Solche Abschreckmaßnahmen sind heute weitgehend nicht mehr nötig, da durch die Klimaerwärmung die Lese immer früher einsetzen kann. Bis die gefräßigen Stare aus dem Norden im Süden eintreffen, sind in den badischen Regionen die Weinberge längst abgeerntet.

Wenn aber Winzer die Trauben an einige Zeilen für Spätlesen oder sogar für einen Eiswein stehen lassen wollen, dann werden sie mit Netzen besonders vor den geflügelten Dieben geschützt. Solche Schutzmaßnahmen sind auch in der Nähe von Waldgebieten dringend erforderlich, denn von da droht neuerdings eine andere Plage. Die Wildschweinpopulation hat in den letzten Jahren enorm zugenommen und die Allesfresser lieben die Trauben auch über alles. Sie wühlen also nicht nur den Boden zwischen den Rebzeilen zentimetertief durch, wenn sie nach Engerlingen suchen. Das birgt die Gefahr von Bodenerosion. Sie kämmen mit ihren Zähnen die reifen Trauben regelrecht von den Stöcken. Hier helfen ebenfalls nur die Netze in gefährdeten Zonen. Die Jäger haben zwar da und dort Hochsitze aufgestellt und liegen in den Nächten auf Lauer, um einige Tiere abzuknallen. Die Gastronomie ist gerne bereit, die Beute abzunehmen, damit sie den Gästen Wildbret bieten können. Die schlauen Tiere wissen sich aber wohl zu schützen und bleiben bei drohender Gefahr lieber in Deckung.

Inzwischen standen die gepflanzten Stöcke im dritten Jahr und zeigten sich robust, entwickelten sich gut und setzten im Frühjahr schöne Gescheine (Blüten) an. Bis in den Sommer bildeten sich die ersten Trauben aus, wohl noch immer nicht mit so großen Beeren wie in den Nachbargrundstücken an den alten Stöcken, aber immerhin. Es machte Hoffnung auf eine erste Ernte.

Den Sommer über war es, nach dem verregneten Frühjahr, lange heiß gewesen und in den Weinbergen das Erdreich staubtrocken. Dank der Bewässerungsmöglichkeit ließen sich in Hafners Weinberg jedoch Trockenschäden, denen gerade Junganlagen allgemein ausgesetzt sind, gut vermeiden. Kein einziger Rebstock hat seit der Erstpflanzung gelitten und hätte ausgetauscht werden müssen.

Wenn sich Felix im Gasthaus „Rebstock" sehen ließ oder mit seiner Frau im Durbacher „Ritter" zu Mittag speiste, wurde er öfter darauf angesprochen, wie sich seine Reben entwickeln. „Na, Hafner-Felix, was mocht din Wi?" (was macht dein Wein) „I bin z'friede, sisch beschtens, i'hab'e mords Freid dron, wenn's no e'Muggeseggili me wär, kennt'is nimmi ushalte. Werret sene, ich schlog euch no alli, ha, ha…!" (Ich bin zufrieden, es steht bestens und ich habe eine große Freude. Wenn es noch ein kleines bisschen besser wäre, könnt ich es nicht mehr aushalten. Ich übertreffe euch noch alle).

Schon Ende Januar hatte man ihn im Wirtshaus angesprochen: „He Felix, hesch dini Rebe scho boge?" (Hast du die Reben schon gebogen). „He-jo, i'kennt jezit scho herbschte, jezit hät'i grad Zit dezu!" (Ja, ich könnte schon ernten, jetzt hätte ich genug Zeit dafür), konterte er.

Die Ortenauer sind „gnitzige Lit" (gewitzte Leute) und man macht gerne seine Späße. „Fällt mir gerade ein Witz ein", sagte Felix zu seinen Freunden. „Der geht so: Unterhaltung im Bahnabteil: Worauf kauen sie denn da ständig herum? Auf Traubenkernen. Und wozu soll das gut sein? Es fördert die Intelligenz. Aha, können sie mir auch vier Stück geben? Gerne, vier Stück kosten acht Euro. Der Fahrgast zahlt und bekommt die Kerne. Nach einer Weile des Kauens meint er: Für acht Euro hätte ich mir aber jede Menge Trauben kaufen können. Merken sie was, die Kerne wirken schon."

Paul wusste auch einen: „Zwei Weinbauern sitzen am Stammtisch beisammen und trinken Wein. Nach der zweiten Flasche sagt der eine vor dem Trinken, prost, sagt der andere, sind wir zum Diskutieren hier oder zum Trinken?" Das müssen Schwaben gewesen sein.

Der Litterst-Frieder mischte sich gleichfalls mit ein: „Sagt der Arzt zum Meier: Wenn sie so weiter trinken, werden sie nicht alt. Darauf der Meier: „Das sage ich doch auch immer: Wein hält jung."

Im ersten Jahr nach der Neuanlage seines Weinberges hatte sich bei den Hafners erstmals das Ritual eingebürgert und nun luden Felix und seine Frau ihre Freunde und guten Bekannten alljährlich zum traditionellen Grillfest in ihren Weinberg ein. Dabei fehlte es nie am Lob der Gäste, wie sich bei ihnen alles prächtig entwickelt zeigte. „Felix, du bisch hald immer no e viehmäßiger Kerli, kumm, bring mer no e'Viertili, schenk'mr eins'i." („viehmäßig" ist das größte badische Kompliment - du bist sehr gut, komm bring mir noch ein Viertel Wein, schenk mir eins ein).

„Wo gearbeitet wird, darf auch gefeiert werden", oder „ohne Mampf kei Kampf", war die Devise von Felix und entsprechend zünftig ging es beim Feiern im Weinberg hoch her. „Keine Kehle soll trocken bleiben und kein Magen leer", wünschte er in der Eröffnungsrede seinen Gästen, und die ließen es sich bei Grillwurst, Steak und Kartoffelsalat ordentlich schmecken, wie auch die diversen Getränke genießerisch munden. Je länger der Tag dauerte, desto höher stieg der Geräuschpegel. Zwischen wildem durcheinander Gerede wurde aus vollem Hals gesungen, und nicht immer hörte sich das melodisch an, störte aber niemand, denn vom Ortskern waren sie weit entfernt, so dass ruhig laut geredet und lautstark Lieder gesungen werden durften.

„Wo man singt, da lass dich ruhig nieder, böse Menschen haben keine Lieder", so sagt es schon der Volksmund und wo sollte das besser angebracht sein, als in einem gut gepflegten Weinberg und somit fast direkt an der Quelle.

Den Wein haben die Römer schon vor rund 2000 Jahren hierher gebracht; er ist überdies ein Kulturgetränk, seit die Menschheit besteht, und sogar der Pfarrer verkündete von der Kanzel: „Wein ist ein edles Getränk und von Gott gewollt. Deshalb hat Jesus auch sellemols (einst) bei seinem ersten Wunder Wein aus Wasser gemacht. Das war bekanntlich bei der Hochzeit zu Kana."

„Jesus sprach sogar davon, und darauf dürfen wir uns alle freuen", betonte der Pfarrer pfiffig, dass es sogar im Himmel Wein geben wird. „Niemand muss also den Durst fürchten oder den Genuss mangeln." Jesus sagte sinngemäß in seiner Abschiedsrede beim letzten Abendmahl: „Von nun an werde ich von diesem Gewächs nicht mehr trinken, bis zur Hochzeit im Himmel!", „demzufolge muss es im Himmel auch Wein geben, und liebe Gemeinde, das ist bestimmt ein Durbacher Freudenwein."

Nicht ohne Grund wird selbst in der Liturgie beim Abendmahl Wein gereicht. Kurz gesagt, es ließe sich noch manches anführen und der Betrachter käme, neben dem Schwärmen, direkt ins Philosophieren, bekäme großen Durst und müsste schnell „e guedes Viertili Durbacher schlotze" (ein gutes Viertel trinken).

Gesunder Behang mit weißen (oben) und roten Traube (unten)

6

Ein großes Fest

Im Dezember des vergangenen Jahres und im Januar des neuen Jahres nahte bei Doris und Felix jeweils der fünfzigste Geburtstag. Dem besonderen Anlass gemäß, sollte das ganz groß gefeiert werden, man wollte aber die Jubiläumsfeier zusammenlegen und in einem Abwasch hinter sich bringen. Somit hatten sie Anfang Februar neben der Familie, viele Freunde, Bekannte, Arbeitskolleginnen und -kollegen, sowie ein paar spezielle Gäste, zu einer zünftigen Geburtstagspartie ins Hotel Ritter eingeladen. Zelebriert wurde diese Feier dann in der 150 Jahre alten „Ritter Stube".

Nach einem Sektempfang ließen die Gäste das Jubelpaar gesanglich hochleben und stimmten das Allerwelts-Lied an: „Zum Geburtstag viel Glück…" nach der Melodie: „Happy birthday to you…". Unterstützung bekam die vielstimmige Sängerschar von einem begnadeten Akkordeonspieler, der gekonnt alle gängigen Volkslieder auswendig vorzutragen verstand und in seiner Euphorie fast nicht mehr zu bremsen war. Zwischendurch musste ihm Felix einmal sagen: „Sepp (Josef) mach zwischendurch mal eine Pause, die Leute wollen sich auch einmal miteinander unterhalten können. Ja, der Sepp konnte stundenlang ohne Unterbrechung spielen und alle Stücke auswendig. Er verstand aber den gutgemeinten Wink und gönnte sich zwischendurch auch einige Gläschen der edlen Tropfen.

Die Feier wurde zu einem gelungenen, ja sogar einem bombastischen Fest, über das noch lange gesprochen wurde. Da gab es nicht nur eine Menge nützlicher und unnützer Geschenke. Viele brachten sich persönlich mit Anekdoten aus gemeinsamen Erlebnissen ein, vielen lustigen Vorträgen und prosaische Ergüsse. Der Gesangverein ließ sich sehen und erfreute mit einem Auftritt die Jubilare durch zwei Liedvorträgen. Hinterher hatten die Sänger und Sängerinnen „viel Durscht" und waren natürlich eingeladen, etwas dagegen zu tun. Kleine Gruppen hatten sich zusammengetan und trugen filmreif Sketche vor. Dabei glossierten sie gekonnt bekannte oder nicht so bekannte Begebenheiten aus dem langen und bunten Leben der beiden Geehrten.

Die erwachsenen Kinder ließen es sich auch nicht nehmen, ihre Eltern gebührend zu würdigen. Sie hatten sich zusammengetan und Gutscheine für eine Ballonfahrt besorgt. Den übergaben sie an einem Luftballon hängend. Sie trugen außerdem ein selbst verfasstes Lied vor und ehrten ihre Eltern musikalisch. Hinterher standen der Mutter Tränen in den Augen, während sie ihre Lieben umarmte, an sich drückte und herzte.

Vom jeweiligen Arbeitgeber wurden passable Präsente überreicht und anwesende Repräsentanten würdigten gebührend die Leistungen der Geehrten in ihrem Unternehmen.

Am Ende war das den Jubilaren gar fast peinlich. „So viel Ehre auf einmal, das halten wir ja fast nicht aus, „mr sin doch nit so ehrekäsig (wichtig), do kennt'mr ja grad e'Graddel (Stolz) kriege", seufzte Felix gerührt.

Hafners Einstieg in den kommerziellen Weinbau wurde dabei genauso humorvoll gestreift und auf die Schippe genommen, wie ihrer beiden Eifer am jeweiligen Arbeitsplatz. In Würdigung des Hobbys Weinbau, hatte eine Freundin extra ein Gedicht verfasst.

Die Rebe

Winzer Felix will durch den Weinberg gehn,
und nach seinen geliebten Reben sehn.
Des Weinstocks Reben tragen reichlich Frucht,
gut reift die Traube nach Schnitt und Zucht.

Nach tausend warmen Sonnenstrahlen,
die in das Traubenherz sich stahlen,
nach Stürmen, Blitz und saurem Regen,
hängt nun am Weinstock ein süßer Segen.

Die Rebe trägt uns, wie bekannt,
viel Trauben nach der Reife stand.
Gekeltert werden sie sondersgleichen,
das letzte Tröpfchen muss entweichen.

Der süßen Traubenfülle rot und weiß,
wird hart gepresst von Stiel und Fleisch.
So rinnt schon bald der edle Rebensaft,
und nun das Herz des Winzers lacht.

Sind dann der Öchsle, groß die Zahl,
der Genießer hat die Qual der Wahl.
Des Winzers Traum wird immer sein,
im Keller einen köstlichen Wein.

Resi Braun

Der nächste Tag war zum Glück Sonntag, da konnten die Geehrten länger schlafen und sich vom Feierstress erholen. Vom Trubel und Stress, den vielen Aufmerksamkeiten, mussten sie sich tatsächlich auch erst wieder sortieren. Natürlich hatte es ihnen Freude bereitet, so viel Ehrung und Aufmerksamkeit zu erhalten, aber feiern ist sehr anstrengend, stellten sie fest, und ein wenig zu viel Alkohol hatte sich bei solch einmaligem Ereignis naturbedingt nicht vermeiden lassen.

„Mr isch hald kei Tinätscher me" (man ist halt kein Teenager mehr), stellte Felix mit einem Seufzer fest. Oder wie sagte es Karl Julius Weber: „In der Regel fängt man mit fünfzig an, der Welt satt zu werden. Mit sechzig ist die Welt müde an uns."

Oder Jean-Jasques Rousseau formulierte es so: „Ein jedes Alter hat seine Triebfedern, die es in Bewegung setzen; der Mensch aber ist allezeit derselbe. Mit zehn Jahren wird er durch Kuchen, mit zwanzig Jahren durch eine Liebste, mit dreißig durch die Vergnügungen, mit vierzig durch den Ehrgeiz, mit fünfzig durch den Geiz geleitet: Wann folgt er nur der Weisheit?"

7

Urlaub in Südafrika

Anfangs des Frühjahres im wechselhaften April, und nachdem alle bis dahin nötigen Arbeiten im Weinberg zeitintensiv erledigt waren, gönnte sich das Ehepaar Hafner eine 14-tägige Urlaubsreise, und wohin?, nach Südafrika. Dort im Süden des afrikanischen Kontinents ist in dieser Zeit Herbst und in der Weinbauregion am Kap und die Lese stand in vollem Gange oder war vielleicht sogar schon abgeschlossen.

In Fachzeitschriften hatten sie über den Weinbau im Süden Afrikas schon viel gelesen und in Gesprächen mit Winzerkollegen wurde da und dort von diesem Weinanbau-Gebiete in höchsten Tönen geschwelt, sodass die Hafners unbedingt selbst einmal dort gewesen sein wollten.

Neben dem Zauber einer faszinierenden Landschaft, der einzigartigen Tiervielfalt, plus die Augen verwöhnenden Farbenpracht in diesem traumhaft schönen Land, interessierten sie sich also speziell für die dort angewandten Weinbaumethoden, für die Südafrika einen Namen oder guten Klang in der Welt hat. „Man muss auch einmal über den Tellerrand des eigenen Horizontes schauen. Nur wenn man weiß, was andere machen und können, kann man beurteilen, wo man selber steht", pflegte Felix dazu zu sagen, und entsprechend groß war die Vorfreude und Spannung, was sie dort tief im Süden des afrikanischen Kontinents, auf der anderen Seite der Welthalbkugel erwarten wird.

Sie flogen abends mit der SAA – der South African Airways – von Frankfurt nach Johannesburg, wo sie am frühen Morgen eintrafen. Dann ging es im Inlandflug weiter nach Kapstadt. In der Metropole am Fuße des Tafelberges wurden sie von der Reisegesellschaft mit vielen anderen aus Deutschland im 3-Sterne-Cape-Town-Hotel Ritz einlogiert. Wie sie sahen, war es ein nicht mehr ganz taufrisches Hochhaus mit 21 Stockwerken, nahe am Meer und in der Bucht vor Green Point, am Ausläufer des „Signal Hill". Im obersten Stockwerk gab es ein drehendes 360°-Panorama-Restaurant, das beim Essen einen atemberaubenden Rundumblick auf die weiten des Meeres bot oder die grünen Hügel der Rückseite zum „Signal Hill", dem Tafelberg oder der felsigen Küstenregion zum „Kap der Guten Hoffnung" zu. Da ging am Abend dem Betrachter das Herz auf, wenn in der blutrot untergehenden Sonne sich die Silhouetten der kleinen Fischerboote auf dem Wasser abzeichneten. Dass das Hotel etwas älterer Bauart war, störte in diesem Falle keineswegs, sie waren tagsüber ja doch unterwegs. Die Abende verbrachten sie aus Sicherheitsgründen oben im Restaurant und die Betten für die Nachtruhe waren akzeptabel tauglich.

Ein Erlebnis anderer Art war der nächtliche Besuch einer etwas korpulenten Dame, die nach Mitternacht an der Türe anklopfte. Doris öffnete arglos die Zimmertüre und wollte wissen, was anliegt. Schnell verzog sich die Dame aber unter einem Vorwand wieder. Nur Felix feixte hinterher, denn ihm war schnell klar geworden, was die nächtliche Besucherin erwartet hatte; sie suchte Kundschaft. „Wie kann es sein", echauffierte sich Felix später bei anderen in der Reisegruppe, die teils ähnliche Erfahrung gemacht hatten, „dass der Portier solche Frauen ins Haus lässt?" „Die bekommen bestimmt Rabatt", vermutete ein anderer. „Wir sind hier in einem fremden Land und da herrschen andere Sitten."

Die berühmte quirlige „Waterfront" war rund vier Kilometer entfernt, wohin sie mit den ortsüblichen Mehrpersonen-Taxis preiswert gefahren wurden. Zahlreiche Restaurants boten dort eine einzigartige Vielfalt an kulinarischen Spezialitäten, zahlreiche Geschäfte handwerkliche Souvenirs und alles für den täglichen Bedarf. Künstler aller Hautfarben boten einen Blick auf ihr Können oder gaben es gesanglich und mit wertvollen Instrumenten zu Gehör. Hätte es die Zeit erlaubt, wäre ihnen hier die Gelegenheit geboten worden, sich stunden- und tagelang aufzuhalten. Langweilig wäre es mit Sicherheit nicht geworden.

Das Reisepaket beinhaltete tägliche Ausflüge zu unterschiedlichsten Zielen, auch hinauf zum Hausberg, dem Signal Hill, von wo aus sich eine fantastische Sicht auf die dem Beschauer zu Füße liegende Stadt bot. Geradezu als Pflichtveranstaltung musste die Fahrt mit dem Bus ans „Kap der Guten Hoffnung" sein. Das ist zwar nicht der südlichste Punkt des Kontinents, doch der allgemein bekannteste. Der exakt südlichste Punkt ist etwa 200 Kilometer östlicher. Der äußerste erreichbare Point bot aber ein gutes Gefühl in der Empfindung über dem Ort zu stehen, wo Atlantik und Indischer Ozean sich mischen. Dorthin führte vom Parkplatz ein bequemer Pfad etwa 2 Kilometer bis an den westlichsten Punkt, und dorthin wollte Felix selbstverständlich auch gehen, während Doris lieber mit anderen im Restaurant zubrachte und dort auf die Rückkehr ihres Mannes und einigen anderen wartete.

Auf der Rückfahrt kamen sie noch an einer kleinen Pinguin-Kolonie vorbei, wo sich die Tierliebhaber an den putzigen Kerlchen (oder auch Weibchen) nicht sattsehen konnten.

Mit der Seilbahn schwebten sie an einem anderen Vormittag über 1000 Höhenmeter hinauf auf den markanten Tafelberg. Von oben bot sich ihnen eine unglaubliche Fernsicht. Sie blickten von diesem Felsplateau endlos weit über das Meer und sahen in der Ferne Robben Island, wo einst Nelson Mandela ein Vierteljahrhundert als berühmtester Gefangener einsaß.

Und sie bekamen bei den interessanten Ausflügen noch viele weitere Sehenswürdigkeiten dieses faszinierenden Landes zu Gesicht, deren vollständige Aufzählung hier den Rahmen sprengen würde. Denkwürdig war der Besuch in einem der Slums, der von zigtausend Menschen bewohnt ist. Die Vorzeige-Wohngebiete ließen wohl erahnen, unter welch primitiven Verhältnissen hier Familien leben müssen, auch wenn es Strom gab und mehrere Familien miteinander zumindest einen Kühlschrank teilen. Vermutlich waren da nicht wenige der Bewohner glücklicher und zufriedener wie so manche Zeitgenossen im verwöhnten Wohlstanddeutschland.

Zu einem Highlight der besonderen Art wurde ihnen dann der drei Tage dauernde Abstecher nach Stellenbosch, das im weltweit berühmtesten Weinanbau-Gebiet Paarl liegt. Das war es ja, was der ursächliche Grund für die gebuchte Reise war. Sicher gibt es keinen namhaften deutschen Winzer, der etwas von seinem Beruf hält und der hier nicht schon vor Ort war, einige Zeit auf einem Weingut mitarbeitete oder die Feinheiten des Weinbaus in dieser einmaligen Region genau studiert hat.

Die Weinanbauflächen am Fuße des Paarl-Gebirges, das nach Regen wie eine Perle glänzt, sind beeindruckend und reichen bis an den Horizont. Sie erstrecken sich unendlich weit und die angebauten Weine sind weltweit zu kaufen. Das maritime Klima, die optimale Sonneneinstrahlung sorgen, neben den modernen Ausbaumethoden, für absolute Spitzenweine.

Vom preiswerten Stellenbosch-Hotel mit drei Sternen, das der Reisegruppe als Stützpunkt oder Domizil für die Tage diente, wurde Franschhoek (Franzoseneck) angefahren, wo sich ihnen die Gelegenheit bot, zwei Stunden durch den Ort zu streifen. Der geschichtsträchtige Ort ist stark von den Hugenotten geprägt, die vor etwa 200 Jahren aus Frankreich hierher einwanderten und wohl auch den Wein und die Geheimnisse des Weinanbaus mitbrachten.

Der Aufenthalt gab genug Gelegenheiten mehrere Weingüter zu besichtigen und sich über die dortigen Sorten, Anbaumethoden und Bedingungen kundig zu machen. Die Winzer oder Verwalter gaben bereitwillig Auskunft und ließen in ihre Keller blicken. Sie gaben Informationen zu den angebauten Hauptsorten, vornehmlich die Rebsorte Pinotage – die Nationalrebe des Landes – und Chenin Blanc, ein Weißwein. Gegen ein geringes Entgelt durften sie bei den Besuchen ausgiebig probieren.

In der weitläufigen Weinregion waren immer noch tausende Hilfskräfte bei der Weinlese beschäftigt. Hier gilt immer noch der Grundsatz, wie es die Touristen erfuhren: „Die Weißen sind für den Wein zuständig, die Farbigen für die Arbeit in den Reben." Das heißt, es besteht ein unendliches Reservoir an billigen Arbeitskräften und die Menschen sind froh, überhaupt eine Beschäftigung zu finden. Die ausgedehnten Slums in und um Kapstadt gaben ein beredtes Zeugnis davon.

Trotzdem ist es beider Gruppen – der Weinerzeuger wie dem arbeitenden Heer – ihr Bestreben, die südafrikanischen Weine zu den Besten der Welt zu machen, und das zu erstaunlich moderaten Preisen.

Zuletzt wurden drei Stunden in den Besuch und Kellerbesichtigung der Nederburg Wines Ltd. investiert. Dieses Weingut liegt unterhalb den Drakenstein Mountains in Paarl. „Es ist das größte Weingut des Kontinents", hörten sie von der deutschsprechenden Geschäftsführerin, die persönlich die Gruppe betreute und das stolz erwähnte. „Das Weingut wurde 1792 von deutschen Auswanderern gegründet", erfuhren sie, „und heute liefert das Unternehmen Spitzenweine in die ganze Welt."

In den weitläufigen Hallen reifte der Rotwein in Barrique-Fässern, die sich in langen Doppel-Reihen im Keller stapelten und zudem blubberten Millionen Liter in den, bis an die Decke reichenden Edelstahltanks, was dem riesigen Keller einen charakteristischen Geruch verlieh.

Dem Besuch im Keller folgte mit der Chefin des Unternehmens die professionelle Zeremonie einer Weinprobe. Zuerst wurde ein hauseigener Sekt kredenzt, dann folgten die typischen Weiß- und Rotweine des Hauses, dazu wurde Weißbrot und Käse gereicht. Zum Erstaunen der Gruppe sprach die Geschäftsführerin im perfekten Deutsch, obwohl sie nur einmal während einem kurzen Urlaub in Deutschland weilte, wie sie versicherte. Die Lösung des Geheimnisses, sie ging auf eine deutsche Privatschule in Kapstadt.

Alle Ausführungen zur Geschichte und dem Weinbau erwiesen sich als höchst interessant und kurzweilig. „Da könnte sich mancher unserer einheimischen Winzer eine Scheibe abschneiden", sagte Felix anerkennend zu seiner Frau. Die Präsentation hatte hohes Niveau. Wer wollte, konnte im Anschluss an die Vorführung im Vin-Shop einkaufen, und selbst bei größeren Mengen hätte es kein Problem gegeben. Die prompte Lieferung in Paletten erfolgt per Flugzeug an alle Punkte der Welt.

Das Ehepaar beschränkte sich darauf, je eine Flaschen guten Rotwein und Weißwein zu kaufen und als Souvenir nach Hause mitzunehmen. Pro Flasche bezahlten sie umgerechnet etwa 9 Euro für den Weißwein und 16 Euro für den Rotwein. Monate später fand Felix im Regal bei Real den absolut identischen Rotwein dieser Gesellschaft, die gleiche Sorte und den gleichen Jahrgang zum Preis von rund 5 Euro. „Und wir haben die Flaschen 12'000 Kilometer im Gepäck mitgeführt", empörte sich Felix hinterher bei dieser Feststellung. „Des hältsch doch im Kopf nit us" (das begreifst du doch mit dem Kopf nicht).

„Die heutigen Frachtkosten sind im Verhältnis zum Warenwert viel zu billig", resümierte schließlich Felix. „Aus diesem Grunde haben sich heute die Warenströme um die ganze Welt verteilt und unsere Straßen sind permanent vom Verkehr überlastet. Die Globalisierung im brutalen Kapitalismus ist schuld, dass die Entscheidungsträger immer billigere Hersteller irgendwo in der Welt finden und dort ihre Waren billiger beziehen. Die Arbeiter vor Ort erhalten aber einen Hungerlohn und die Standards am Arbeitsplatz sind eine Katastrophe oder ein Verbrechen. Wenn in Asien keine Dummen mehr zu finden sind, zieht die Karawane nach Afrika." „Über dieses Thema könntest du stundenlang philosophieren, nicht wahr, Felix", erwiderte seine Frau, die das leidige Thema zu Genüge kannte.

Von Oben: Blick auf Kapstadt, Hugenottendenkmal in Franschhoek und endlose Weinberge in der Region Paarl

8

Erste Ernte

Längst war, nach der lehr- und erlebnisreichen Reise ans andere Ende des afrikanischen Kontinents, wieder der Alltag in Durbach eingekehrt, mit allen damit in einem Weinberg zusammenhängenden Arbeiten. Und nicht zu vergessen, die anspruchsvollen Tätigkeiten am jeweiligen Arbeitsplatz, die auch stets volles Engagement und Einsatz für die Hafners erforderten, durften nicht vernachlässigt werden.

Im Spätfrühjahr hatte es keinen der gefürchteten Nachtfröste gegeben, der den Reben hätte gefährlich werden können. Der Sommer hatte sich bisher mittelprächtig gegeben, verlief im Grunde aber auch ohne nennenswerte Besonderheiten. Was zu tun war, wurde mit Freude geleistet, ohne Murren und Klagen über den stetigen Aufwand. Dann ging es dem Herbst zu und überall im Tal begannen die Winzer schon Mitte September mit der Lese.

Im Weinberg der Hafners war zwar noch keine Vollernte zu erwarten, trotzdem hingen prächtige blaue Trauben an den Stöcken. Die reifen, satten Beeren sahen gesund aus und schmeckten zuckersüß.

Alle Familienmitglieder halfen tüchtig mit, die reifen Beeren vom Stock zu schneiden und am liebsten hätte man alle Trauben schon vor Ort vernascht. Dafür war inzwischen tatsächlich aber die Menge schon zu groß. Da hätten sie viele verschenken müssen. Somit versuchten sie damit etwas Vernünftiges anzufangen und waren sehr gespannt auf die Ausbeute, wie ihre erste Ernte ausfallen würde. Das Refraktometer zeigte ein Mostgewicht von 89 Grad Öchsle. Das war ein sehr guter Wert für die Trauben von jungen Stöcken. Damit war Felix vollauf zufrieden. In Baden liegt üblich eine Spätlese zwischen 86 und 95 Grad Öchsle. Das Ergebnis zeigte ihm also, welches Potenzial in der angebauten Sorte enthalten ist.

Diese machte Hoffnung, die Hafners freuten sich schon auf die nächsten Jahre und versprachen sich auf dem eingeschlagenen Weg einen naturbelassenen Wein der Spitzenklasse. Felix jubelte: „Mein Wein wir sich garantiert gut vermarkten lassen und bringt uns über die Jahre locker das investierte Kapital wieder ein."

Noch aber hielten sie die Reben für zu jung, um einen vollen Ertrag zu erwarten. Die Menge war auch noch relativ bescheiden. „Das ist normal und wir haben die Rebstöcke ja auch bewusst nicht auf Turbo getrimmt", erklärte Felix Hafner im Kreis seiner Freunde. Nach der Lese hatten sie die eingebrachte Ernte zu einem befreundeten Winzer gebracht, der noch über eine eigene Trotte verfügte und dort ließen sie einen Teil der Trauben zu Saft für neuen Wein pressen, der andere Teil kam in ein Fass und wurde für den eigenen Gebrauch ausgebaut. In diesem Jahr war noch nicht geplant, die Ernte bei der Winzergenossenschaft anzuliefern. Das war erst bei der Ernte im nächsten Jahr angedacht und vorgesehen.

Viel wichtiger war den Hafners, dass ihre Freunde und Nachbarn von der ersten Ernte ein wenig profitieren sollten und die erhielten jeweils einen gefüllten 10-Liter-Kanister von dem neuen süffigen Wein. Ein Teil wurde auf Flaschen gezogen und eingelagert. Der Teil im Fass wurde von einem befreundeten

Winzer fachgerecht ausgebaut. „Bis im Frühjahr oder Sommer im nächsten Jahr soll er soweit gereift sein, dann werden wir ein Fest machen und unseren ersten Wein aus der neuen Anlage anzapfen. Dazu richten wir wieder ein grandioses Grillfest aus", versprach Felix.

Der weiteren Entwicklung sah man mit berechtigter Hoffnung entgegen und auch mit ein wenig Stolz auf das, was sie als Nichtwinzer bisher erreicht hatten, dem vorzeigbaren Resultat.

In den folgenden Winterwochen wurden die Reben zurückgeschnitten. Für diese wichtige Arbeit hatte sich Felix immer wieder von den Fachleuten Informationen eingeholt und gut beraten lassen. Dabei entschied er, von jedem Stock nur einen Haupttrieb zu biegen und wachsen zu lassen. Das mindert zwar die Menge, dafür soll aber die Qualität optimiert werden. Ihm wurde überdies geraten, später bei der Entwicklung zu selektieren und nur so viele Trauben hängenzulassen, dass im Durchschnitt nur etwa 70 Kilogramm pro Ar zu Ende reifen. „Das steigert die Qualität des Weines", wurde ihm versichert.

Der Winter verzog sich, wieder blühten der Löwenzahn und die Traubenhyazinthen verschwenderisch im Weinberg. Sämtliche belassenen Triebe waren gebogen und am Draht befestigt. Sie zeigten schon feine Tropfen des aufsteigenden Saftes. Mit den wärmenden Tagen im Frühjahr entwickelten sich die Knospen zusehends und trieben schön aus. Es war eine Pracht zu beobachten, wie die Triebe bis zu 3 cm pro Tag zulegten.

Nach der Kühle im Winter entfalteten die Reben nun die volle Kraft, die ihnen die Natur in die Wiege gelegt hatte. Bald zeigte sich das vielversprechende Gescheine, der rispenartige Blütenstand; und die Bienen summten munter im Gelände und sammelten fleißig Nektar.

Die kurzfristigen Wetterprognosen hörten sich gleichfalls vielversprechend an. Kein Frost war in dieser heiklen Phase angesagt und zu befürchten, zumal Durbach sowieso schon topografisch geschützt liegt. Nach und nach wurde sichtbar, wie sich Ansätze der Beeren entwickelten. Fast täglich war nun Felix in seiner Anlage unterwegs und sah nach dem Zustand seiner Schützlinge. Was er sah, bereitete ihm wahre Freude.

Dann kam ein verlängertes Wochenende über Pfingsten. Die Hafners unternahmen eine Kurzreise und fuhren über den Brenner an den bei Deutschen beliebten Gardasee. Nahe dem urigen Städtchen Malcesine verbrachten sie die Tage, oder besser gesagt, die Nächte, in einem guten Hotel am Ufer des Sees, mit direktem Zugang vom Hallenbad mit Sauna ins Wasser. Sie waren mit dem Auto angereist und konnten so vom Hotel aus problemlos Ausflüge in die Umgebung, nach Riva im Norden und Garda im Süden machen, oder auch mit dem Schiff auf die andere Seeseite nach Limone. Die Fahrt mit der Seilbahn auf den Monte Baldo war ihnen auch die Ausgabe wert, verbunden mit einer kurzen Wanderung auf dem Plateau, von wo aus sich ihnen ein atemberaubender Blick auf den See bot. So liebten sie es, da wurden Erholung für alle Sinne geboten, wobei die kulinarischen Freuden auch nicht vernachlässigt wurden.

Nach diesen Tagen und der Rückkehr, trieb es Felix unverzüglich wieder in den Weinberg, um dort wie gewohnt nach seinen Reben zu sehen und ihnen wieder ein wenig gut zuzureden. Zuerst fiel ihm verdorrtes Gras zwischen den Zeilen auf. Das machte ihn stutzig und verwunderte ihn, denn er hatte bisher ja nur gemulcht und das Unkraut zwischen den Rebstöcken mühsam mit der Hand entfernt. Die Grasnarbe sollte ja bewusst als Filter dienen und ein Schutz bei Starkregen sein.

Bei der weiteren, näheren Beobachtung entdeckte er erste Blätter, die sich ihm auffällig und verdächtig verändert zeigten. Sie waren löchrig-braun geworden und gerunzelt. „Da stimmte eindeutig etwas nicht", entfuhr es ihm erschreckt und er war sich sicher, hier stimmt etwas nicht, da muss etwas passiert sein. „Fehlt den Rebstöcken etwas, was ist denn da los? Das kann doch nicht sein." Felix Hafner konnte sich was er sah nicht erklären, war sich aber sicher, keinen Fehler gemacht zu haben. Den Boden hatte er in den letzten drei Jahren sorgfältig gepflegt, mit Mikroorganismen behandelt und immer wieder geprüft. Von Schädlingen war ihm nichts bekannt und um falschen Mehltau handelt es sich garantiert nicht. Auch von den Berufswinzern hatte er keinen Hinweis bekommen, dass den Reben irgendeine und von irgendwoher eine Gefahr drohen würde.

Beunruhigt behielt er das noch sorgfältiger im Auge und beratschlagte sich zudem mit Winzerkollegen im Dorf, die ihm keinen Rat zur Ursache der Veränderung geben konnten. Von Tag zu Tag fielen ihm immer mehr Rebstöcke auf, deren Blätter den sonderbaren Befall zeigten, die kurz gesagt richtig mickerten und sichtbar abstarben. Die Stöcke waren eindeutig krank, da war er sich jetzt sicher und das machte ihn immer mehr ratlos. Da er nicht weiter wusste, mit seinem Latein am Ende war, setzte er sich mit dem Weinbauberater Emil Lang vom Landratsamt Offenburg in Verbindung.

Der kam alsbald vorbei, sah sich in der Anlage um und prüfte die Blätter mit den auffallenden Veränderungen. „Oh, oh, soweit ich das beurteilen kann ist überall das Triebwachstum massiv gestört. Die deformierten Blätter haben alle Anzeichen eines unsachgemäßen Herbizideinsatzes. Eine genaue Diagnose kann ich aber erst nach einer Bodenuntersuchung abgeben."

„Herr Lang, das ist doch unmöglich, machen sie mit mir keine Scherze", reagierte Felix entsetzt. „Ich habe von Anfang an auf jeglichen Chemieeinsatz verzichtet. Die Rebstöcke wiesen bisher ein intaktes und robustes Immunsystem auf, sie waren prächtig und nicht anfällig für Schädlinge. Gedüngt habe ich mit einem Gemisch aus Pferdemist; das Gras zwischen den Stöcken wurde gemulcht oder zwischen den Stöcken mit der Harke in altbewährter Weise und mühsamer Handarbeit beseitigt."

„Ich kann ihnen jetzt nicht mehr sagen und nicht mehr tun, wie Bodenproben entnehmen und sie im Labor untersuchen lassen. Wenn sich bestätigt, was ich stark vermute, dann gehen die alle Stöcke ein. Die können sie entsorgen und es muss unter Umständen sogar das Erdreich abgetragen und ausgetauscht werden."

„Das ist nicht ihr Ernst, Herr Lang, das wäre ja nicht nur eine Katastrophe und drei Jahre Arbeit umsonst, es würde mich ein Vermögen kosten", erwiderte Felix und kalter Schweiß brach ihm aus. „Dann kann ich gleich alles aufgeben und den Weinberg brach legen." „Warten wir es ab, was das Untersuchungsergebnis bringt." Nach einigen unverbindlichen Worten verabschiedete sich Herr Lang, stieg in sein Auto und verließ auf dem Wirtschaftsweg das Gelände, um über den Berg nach Oberkirch zu fahren, wo ein weiterer Kunde auf ihn wartete.

Der Puls bei Felix Hafner war deutlich erhöht, das zeigte sich am geröteten Gesicht. Bedrückt ging er nach Hause und berichtete seiner Frau, was er vom Fachmann gehört hat. „Wie kommt denn das", seufzte Doris und sie war fassungslos. Eine fröhliche Stimmung kam dabei nicht auf. „Jetzt haben wir so viel Arbeit in die Rebstöcke, in den Weinberg gesteckt, wie auch in den Naturgerechten, biologischen Anbau, ja, in unser Steckenpferd. Soll das jetzt alles vergeblich gewesen sein?" Seine Frau war entsetzt. „Das wollen wir uns gar nicht ausdenken. Hoffen wir, dass die Bodenuntersuchung etwas anderes besagt, die Untersuchung eine andere, und schnell eine völlig harmlose Ursache gefunden wird und Aussicht besteht, dass die Stöcke sich wieder erholen." Das war aber reines Wunschdenken.

Einige Tage später hatte Felix Hafner das Ergebnis schriftlich vorliegen und die Untersuchung der Bodenproben bestätigte den schon geäußerten Verdacht des Weinbauberaters. Der Boden ist hochgradig mit einer Überdosis eines hochwirksamen Unkrautbekämpfungsmittels verseucht und belastet. Wenn die Rebstöcke nicht allesamt eingehen sollten – was ohne jeden Zweifel stark zu vermuten ist – dann ist eine Vermarktung oder Verwendung der Trauben auf lange Zeit ausgeschlossen, wurde ihm gleichzeitig mitgeteilt. „Da können sie Bio die nächsten Jahre vergessen", musste er hören.

Erneut traf sich Felix mit dem Weinbauberater in seinem Gewann. „Herr Hafner, wenn sie nicht mit Herbiziden gearbeitet haben, dann hat die ungewöhnlich massive Verseuchung des Bodens im Gelände eine andere Ursache und das ist garantiert keine natürliche. Dann kann es sich nur um Sabotage handeln; dann muss jemand das Herbizid so gut wie pur großflächig und Zeile für Zeile ausgebracht haben." „Sabotage", stieß Felix entsetzt aus und seine Stimme klang ungewöhnlich hoch und schrill. „Ja Sakrament, wer macht denn so etwas und wenn ja, warum? Wir haben hier doch keine Mafia und bisher hielt ich unser badisches Ländle für intakt und heil."

„Ich kann es ihnen leider auch nicht aufklären, aber die Sachlage ist ganz eindeutig. Ich empfehle, sprechen sie vorerst mit niemand darüber, damit kein Aufruhr unter den anderen Winzern entsteht. Und ich entnehme heimlich Bodenproben auch von den Nachbargrundstücken und lasse sie prüfen. Wenn ich von da die Ergebnisse vorliegen habe – egal wie sie ausfallen – dann schalten wir die Polizei ein."

„Ja, so machen wir es", stimmte Felix fast resignierend zu. „Da steigt eine enorme Wut in mir auf. Wo leben wir denn, wenn schon in einer Region, wie hier die unsere, Bösewichte, Lumbeseggel sich im Gelände zu schaffen machen. Wie können Menschen zu so etwas imstande sein? Ich bin fassungslos. Das ist doch eine bodenlose, verdammte Sauerei, da kennt'mr doch grad mit'nem Hammer neischlage. Den soll der Teufel stückweis' hole, sakrment, aber au." Er war stinksauer, wütend, und konnte sich gar nicht beruhigen, dabei spürte er förmlich, wie ihm gefährlich die Adern an den Schläfen pochten.

In den nächsten Tagen, bis das Ergebnis der Untersuchung des Bodens von den Nachbargrundstücken vorlag, hatte Felix keine Lust mehr in sein Gewann zu gehen. Zu sehr bedrückte und belastete ihn die Sache, und je mehr er darüber nachdachte, desto größer wurde sein Ärger und die Wut kochte in ihm hoch. „Wenn ich mich noch mehr hineinsteigere bekomme ich grad no en Herzkasperle (Herzinfarkt)."

Wie im Grunde schon vermutet, zeigten die Untersuchungen der anderen Böden keinerlei Auffälligkeiten. Der Weinbauberater Lang war zu dem Entschluss gekommen: „Ich glaube ihnen ja, dass sie ihren Weinberg nicht selber zerstört haben. Da muss jemand anderes das Giftzeugs ganz gezielt in ihrer Anlage ausgebracht haben. Warum und weshalb wird ihnen der Betreffende nur selber sagen können. Ich empfehle ihnen nun aber dringend die Polizei einzuschalten. Wenn sie den Schaden hochrechnen wollen, wird der am Ende in die Zigtausende gehen."

Unverzüglich schaltete Felix Hafner nach diesem Gespräch die Behörde ein und erstattete eine Anzeige. Ein Mitarbeiter der Umweltpolizei kam. Sie besahen gemeinsam den Weinberg und der Beamte nahm alles auf. „Haben sie einen Verdacht, wer der Täter sein könnte, haben sie Feinde?" „Nein, nicht einen Schimmer", antwortete Felix mit trockenem Mund. „Ich habe nicht den leisesten Verdacht und ich kann mir auch keinen Grund denken, warum mir oder uns jemand so und auf diese perfide Art und Weise schaden will. Ich habe mit keinem Menschen im Dorf Streit und ich bin mir absolut sicher, auch keine Feinde zu haben. Sicher gibt es in einem Dorf immer einmal Meinungsverschiedenheiten und unterschiedliche Ansichten, sei es in der Politik oder in einem der Vereine, in denen ich bin. Das ist aber doch normal und geht nie gegen eine andere Person, allenfalls um die Sache. Sogar meine Anbaumethoden sind nicht neu, sodass jemand dagegen sein könnte und sich davor fürchten müsste."

„Dann müssen wir umfangreiche Untersuchungen einleiten und zuerst prüfen, um welches Mittel es sich handelt, wo es herkommt, wer das wo gekauft haben könnte. Wir wissen allerdings, dass in den letzten Jahren immer wieder nicht zugelassene Mittel aus dem Elsass hierher nach Baden eingeführt worden sind. Das wird also schwierig werden, wenn uns nicht Kommissar Zufall zu Hilfe kommen sollte. Versprechen sie sich nicht zu viel." Was der Beamte sagte, trieb Felix wieder den Blutdruck in die Höhe und kalten Schweiß auf die Stirn.

Dann fiel ihm siedend heiß Folgendes ein und er äußerte dazu gleich seine Bedenken: „Wenn wir hier im Dorf einen Wirbel machen und auch noch jemand unschuldig verdächtigen würden, dann kann ich mich da nicht mehr sehen lassen. Deshalb müssen wir äußerst diskret vorgehen. Wissen sie was, Herr Ober – so hieß der Beamte – ich schalte zuerst ein Detektivbüro ein und versuche auf diese Weise an eine Spur zu kommen. Wenn das nicht weiterhilft; wenn uns das nicht weiter bringt, dann setze ich eine Belohnung von 5000 Euro aus."

„Das ist eine gute Idee, Herr Hafner, ich werde mit meinen Leuten erst einmal im Hintergrund nachforschen und diskret Erkundungen einholen. Die Einschaltung einer Detektei kann in einer so brisanten Sache nur hilfreich und zielführender sein. Dabei wünsche ich ihnen und uns viel Glück."

Im nächsten Schritt setzte sich Hafner mit einem Rechtsanwalt in Offenburg in Verbindung. Ihn kannte er, er hatte schon des Öfteren geschäftlich mit ihm zu tun, sein Können und seine Erfahrung schätze er sehr. Der Mann räumte ihm auch sofort einen kurzfristigen Termin für eine Besprechung bei ihm im Büro ein, und im Gespräch schilderte Felix Hafner den sonderbaren Fall und was die Untersuchungen bisher ans Licht gebracht haben. Dann bat er darum, eine erfahrene und möglichst auf dem Gebiet des Weinbaus sachkundige oder zumindest in der Landwirtschaft betraute Detektei zu benennen, die sich des Falles annehmen kann.

„Da hab ich eine Top-Adresse in Mannheim. Es ist ein namhaftes Büro und mit einem der Mitarbeiter hatte ich gelegentlich schon zu tun. Das ist genau der richtige Mann, den wir für diesen diffizilen Fall brauchen und darauf ansetzen wollen", nahm Rechtsanwalt Hubert Schilli den Gedanken auf. „Ich werde mich sofort mit dem Büro in Verbindung setzen. Sobald wir einen Besuchstermin, oder noch besser Vorort-Termin haben, melde ich mich bei ihnen.

Dorfbachidylle in Durbach und Blick vom Schloss

9

Ursachenfindung

Der Kontakt mit der Detektei Horch und Partner kam schnell zustande und man traf sich mit dem erfahrenen Mitarbeiter Heinz König erst einmal im Büro des Rechtsanwalts. Felix Hafner schilderte dem Detektiv in allen Einzelheiten den mysteriösen Fall, zeigte ihm die Ergebnisse der Bodenuntersuchungen und informierte ihn über die Vermutungen des Weinbauberaters. „Das Problem wird sein, festzustellen, wo die nachgewiesenen Herbizide herkommen könnten und wie diese in meine Reben kamen", ergänzte Felix.

Nicht unerwähnt ließ er aber auch seine Sorge, dass kein Generalverdacht aufkommen darf und man nicht unnötig Staub aufwirbeln will. „Das ist der Grund, warum ich die Sache erst durch sie, durch einen Detektiv recherchieren lassen möchte. Vielleicht finden sie auf eine unkonventionelle Art und Weise eine Spur und kommen an Informationen, an welche die Umweltpolizei auf legalem Wege nicht bekommen würde."

„Okay, Herr Hafner, ich will mir gerne noch die Örtlichkeiten im Weinberg ansehen und mich mit der Umgebung vertraut machen, dann lassen sie mir bitte zwei Tage Zeit. Ich werde mir einen Operationsplan ausdenken und sie dann informieren, wie ich und wir vorgehen wollen." „Dem stimme ich zu, ich bin einverstanden", sagte Felix und sie besiegelten das mit Handschlag. Anschließend fuhren sie nach Durbach. Felix und Doris fuhr in ihrem Auto voraus, der Detektiv hinterher und auch der Rechtsanwalt begleitete sie im Konvoi separat, denn beide wollten nach der Inaugenscheinnahme auf getrennten Wegen wieder weiterfahren. Vor Ort wollte sich nicht nur der Detektiv umschauen, auch der Rechtsanwalt hatte Interesse, sich einmal persönlich ein Bild vom Schaden und der Umgebung des Tatortes zu machen.

Detektiv König machte aus allen Blickrichtungen Fotos vom Gelände, vom Hang, den Anfahrtswegen und letztlich auch vom Zustand einzelner Stöcke, dem Blattwerk der Reben und des grasbewachsenen Bodenzustandes, der inzwischen wie verbrannt und erbärmlich aussah. Die ganze Anlage bot schier ein Bild des Jammerns und Felix musste wieder einmal um Fassung kämpfen, als er sah, wie sein ganzer Stolz und die Arbeit unzähliger Stunden tot; einfach vernichtet war.

„Nun habe ich einen guten Überblick und alle Informationen die ich vorerst brauchte, um mir Gedanken zu machen und mir klar zu werden, welche Schritte es einzuleiten gilt", sagte König und er verabschiedete sich alsbald. Auch Rechtsanwalt Schilli fuhr nach Offenburg zurück; er hatte im Büro noch einen wichtigen Termin, nicht aber, ohne den von Doris Hafner übergebenen Karton Durbacher Spätburgunder im Kofferraum seines Autos zu verstauen. „Bei einem so guten Tropfen kann ich einfach nicht nein sagen", hatte er bei der Übergabe für die nette Geste geantwortet und gedankt.

Zwei Tage später meldete sich der Detektiv telefonisch und avisierte: „Ich könnte heute Abend noch vorbeikommen und sie über alles weitere informieren. Passt das?" „Wir machen es passend, mir ist das so wichtig, dass ich alles andere liegen lassen will", gab Felix zurück. Gegen 19 Uhr traf Heinz König bei den Hafners ein. „Bitte treten sie ein." Freundlich wurde er an den ausladenden Tisch aus massivem Eichenholz im Speisezimmer gebeten und Felix hatte schon eine Flasche perfekt gekühlten Klingelberger geöffnet, davon bot er dem Detektiv ein Glas an. „Gerne, ein Viertel werde ich trinken können, ohne Gefahr zu laufen, den Führerschein zu verlieren." „Haben sie inzwischen einen umsetzbaren Plan, eine Strategie, wie sie vorgehen wollen?", wollte Felix neugierig wissen.

„Ja, ich habe mir folgendes überlegt: Ich werde mich als Journalist eines Weinjournals ausgeben, der eine Reportage über die Durbacher Weine machen möchte. Die Besonderheiten der Lagen, der Böden, die spezielle Mineralität, das soll mein Thema sein und das erlaubt mir unverdächtig bei den Fachleuten viele Fragen zu stellen", antwortete er vielsagend. „Das erlaubt mir einerseits ohne Verdacht zu erregen mit den einzelnen Winzern zu sprechen und andererseits auch überall Bilder zu machen, ohne Verdacht oder Misstrauen zu erregen. Dann kann ich mich zudem in der Bevölkerung unauffällig umhören, herauskitzeln, was man da zum Wein, zum Ort und dem drum herum zu sagen weiß. Das Thema Herbizide fließt das selbstverständlich mit ein. Dann möchte ich mich umhören, welche Meinung man dazu hat und was so zu dem Problem preisgegeben wird. Nebenbei versuche ich herauszufinden ob irgendjemand etwas Verdächtiges, Ungewöhnliches oder Auffälliges gesehen hat oder weiß. Zuletzt will ich die Stimmung im Ort testen." „Das ist eine gute Idee, dieser Plan scheint mir umsetzbar. Da verspreche ich mir brauchbare Ergebnisse: Des wird nid ummesunscht sin (vergeblich - kostenlos)", pflichtete Felix Heinz König zu. „Packen wir es an!"

„Die Sache muss nicht nur absolut diskret gehen, sondern auch so schnell wie möglich. Meinen sie mir in vierzehn Tagen ein Ergebnis vorlegen zu können? Denn viel länger wird sich im Weinberg die Sache, der Zustand der Reben, nicht mehr verheimlichen lassen. I'will nit tripple (drängeln), aber die Stöcke sterben mir zusehends unter der Hand weg."

„Ich weiß, ich gebe mein Bestes", versicherte der Detektiv. „Wichtig ist mir bei meiner Aktion vornehmlich, unter anderem auf diskrete Weise herauszufinden, welche Herbizide, Pestizide und welche Dünger im Dorf allgemein im Einsatz sind und explizit, was die Kollegen auf den Nachbargrundstücken einsetzten, was sie gegen den falschen Mehltau wie Peronospora und die andere Pilzkrankheiten verwenden oder unternehmen. Sehr spannend wäre überdies zu erfahren, ob irgendwo Altbestände lagern, beziehungsweise Stoffe aus dem Elsass heimlich hierher eingeführt worden sind. Da vertraue ich darauf, dass solche Exporteure aus Eigenstolz unvernünftigerweise dumm plappern und mir, einem Laien, mehr verraten werden, wie sie eigentlich wollten und dürften."

„Das ist gut, Herr König, aber eine sehr diffizile, delikate Aufgabe, die sie sich da vorgenommen haben. Ich hoffe, es bringt uns weiter, ohne schlafende Hunde zu wecken. Wichtig ist, wir haben am Ende Erfolg. Für den weiteren Bestand meines Weinberges hängt für uns sehr viel davon ab."

„Klar doch, Herr Hafner, vertrauen sie mir, ich habe da schon so meine bewährten Methoden um an verwertbare Informationen zu kommen, wenn es irgendwie und irgendwo welche gibt. Verlassen sie sich da ganz auf mich", beruhigte Heinz König seinen Klienten, der auch so aus lauter Sorgen nachts kaum noch schlafen konnte.

Ein kleiner Wermutstropfen in diesem Stadium kam für Felix gleich noch obendrauf. Der Detektiv erbat im üblichen Vorgang einen Spesenvorschuss von 5000 Euro. „Was wird da noch auf mich zukommen?", seufzte Felix und griff sich an die Stirn. „Ich befürchte, dass sich ein Fass ohne Boden auftut. Das deckt mir doch keine Versicherung ab. Hoffentlich finden wir den Schuldigen, den Haagseicher (leichtes Schimpfwort), den ich dann für den Schaden haftbar machen kann, sonst sehe ich krabbeschwarz (negativ) für meine Finanzen." Er gab dem Detektiv einen Scheck und der verabschiedete sich mit der Zusage, schnellstens über Ergebnisse oder Zwischenergebnisse zu informieren. „Wundern sie sich aber nicht, wenn ich im Ort unterwegs bin und mich nicht jedes Mal direkt bei ihnen melde. Auch da habe ich die Absicht, verdeckt vorzugehen. Wenn es Rückfragen gibt oder mir etwas unklar ist, dann melde ich mich zwischendurch lieber telefonisch bei ihnen." „Ist gut Herr König." Damit verabschiedete sich der Detektiv, ging seines Weges und nahm unverzüglich die Arbeit auf.

10

Sherlock Holmes ist unterwegs

In den folgenden Tagen sah man Heinz König mal da, mal dort im Tal unterwegs und selbst in den Weinbergen vor Ort verwickelte er die dort anwesenden und bei ihrer Arbeit anwesenden Winzer in Gespräche. Viele waren gerade tüchtig dabei, Laub an den Rebstöcken auszudünnen, die Triebe zu fixieren, zwischen den Zeilen die Grasflächen zu trimmen und was es sonst noch mitten in der Vegetationszeit zu tun gibt. Andererseits fanden sich die Angesprochenen gerne zu Antworten freudig genug bereit, bereitwillig dem Detektiv Rede und Antwort zu stehen, denn welcher Könner will nicht gerne mit seinem Fachwissen glänzen; und sie waren alle von sich überzeugte Winzer?

Die Interviewten gaben allgemein auf vermeintlich harmlose Fragen vielsagende Auskünfte und dabei kam so mancher brauchbare Hinweis heraus. Damit puzzelte König ein Detail zum anderen. Noch war nicht viel Spektakuläres dabei, aber es schälten sich doch einige brauchbare Verdachtsmomente heraus, denen der Detektiv seine gezielte Aufmerksamkeit schenken und weiter nachgehen wollte. Regelmäßig hielt er telefonisch oder persönlich Felix Hafner mit seinen Erkenntnissen auf dem Laufenden.

Bei dem verwendeten Herbizid deutete inzwischen eine sehr heiße Spur auf Atrazin [21] hin, das wohl in einer gewissen

---

[21]) https://www.chemie.de/lexikon/Atrazin.html

Menge illegal aus dem Elsass eingeführt worden ist und man dort noch weit verbreitet findet und bekommt. Dieses Mittel steht allerdings massiv im Verdacht und bösem Verruf, das Grundwasser enorm zu belasten.

„Da im Weinbau auch bei den französischen Nachbarn seit langem streng auf Umweltverträglichkeit geachtet wird, sollte man den Einsatzbereich eher im Maisanbau in den Fokus nehmen", meinte Heinz König. „Ich werde in dieser Richtung mal meine Fühler sowohl hier in Baden, wie auch über der Grenze ins Elsass ausstrecken. Vielleicht bekomme ich irgendwo einen heißen Tipp, den ich aufgreifen und dem ich nachgehen will."

Die Rebstöcke von Hafner sahen derweil erbarmungswürdig aus und das war natürlich längst auch den Winzerkollegen aufgefallen. Hintenherum wurde getuschelt, aber immer wieder wurde Felix auch direkt darauf angesprochen und er musste sich plausible Ausreden einfallen lassen. Die Vollerwerbswinzer sind keine Dummköpfe, sie haben gerade in Durbach viel Erfahrung und nahmen ihm dies bald nicht mehr ab. „Felix, du hast anscheinend ein massives Problem; hast du etwas bei deinen Reben falsch gemacht. Warst du mit dem Flammenwerfer unterwegs? Hast du schon einmal mit dem Weinbauberater gesprochen?" Das waren die Fragen, die auf ihn niederprasselten. „Natürlich, ich stehe mit ihm in Kontakt und ich werde von ihm beraten."

„Anscheinend fehlt den Stöcken ein Mineral oder sie haben eine bisher nicht spezifizierte Krankheit. Da werde ich demnächst einen Hinweis von Emil Lang erhalten, der die Reben schon angeschaut und schon untersucht hat. Habt ihr mir vielleicht einen brauchbaren Tipp, he?", versuchte sich Felix aus der Sache zu winden. Er wollte einfach nur mehr Zeit gewinnen und den Ball flach halten. „Na, so auf die Schnelle habe ich auch keinen Rat, da müsste ich mich schon näher damit befassen und die

Reben genauer untersuchen können", und damit zog sich einer der wunderfitzigen (neugierig) Nachbarn ebenfalls elegant aus der weiteren Diskussion. „Wenn die Stöcke eine Krankheit haben, hoffentlich überträgt sich das nicht auf meine oder auf andere", äußerte er seine Befürchtung anderweitig, ohne, dass er seine Bedenken Felix selbst offenbarte.

Der Detektiv zog immer noch durchs Dorf und, was keiner sah, es gelang ihm heimlich einen Blick in viele Scheunen, Ställe und Garagen zu werfen. Wenn er Lagerungen von Herbiziden und speziell Atrazin entdeckte, machte er mit dem Handy Bilder, notierte den Lieferanten und entnahm, wenn möglich, Staubproben aus der Umgebung. Es war schon erstaunlich, wie raffiniert und konspirativ der Mann vorging und an welche Mengen an Informationen er kam. Ohne Zweifel, der Rechtsanwalt hatte eine gute Detektei gewählt und der Mann vor Ort verstand sein Metier.

Mit nicht wenigen Winzern rund um Durbach einerseits, aber auch mit Elsässer Bure in Frankreich hatte er schon gute, aufschlussreiche Gespräche geführt und, noch wichtiger, er hatte sich ein wenig ihr Vertrauen erschlichen.

Nach einigen Vierteln Wein oder ein paar Gläschen Obstler oder Williams war die Zunge gelockert und so mancher wurde dabei sehr gesprächig. So gelang es Heinz König, unter dem Siegel der Verschwiegenheit, vertrauliche Hinweise zur Beschaffung von Herbiziden herauszukitzeln und daraus strickte er einen immer dickeren Faden, der am Ende in einen Nachbarort nach Oberkirch zu zeigen schien.

„Warum aber nach Oberkirch?", stellte sich Heinz König bei dieser Erkenntnis mehrfach die Frage, und damit wandte er sich schließlich auch an Felix. „Was haben die Oberkircher mit den Durbachern zu schaffen. Gibt es da Eifersüchteleien unter den Winzern, hat da jemand explizit mit euch gar ein Hühnchen zu rupfen, vielleicht wegen eines verlorenen Rechtsstreits, Familienstreitigkeiten, ging es um ungeklärte Geländefragen oder einem anderen Grund?"

Bei einem Wissensaustausch besprach Heinz König mit Felix Hafner die sich heraus kristallisierende Spur. „Wer könnte in Oberkirch Interesse daran haben, ihnen so zu schaden und wenn ja, warum?" Felix wusste darauf keine schlüssige Antwort zu geben, bis ihm die einzig mögliche Erklärung in den Sinn kam. „Meine Frau arbeitet in Oberkirch als Sekretärin in der Vorstandsetage eines Industrieunternehmens. Vielleicht ist sie da irgendeinem auf die Füße getreten und derjenige wollte sich nun rächen. Warum dann aber auf diese perfide Art und Weise in einem Weinberg; an der Natur und unschuldigen Reben?"

„Ich werde mich in dieser Richtung mal umhören und in dem besagten Unternehmen, wenn möglich, dumme Fragen stellen?", versprach der Detektiv und war sich sicher, der Lösung dieses Falles ein gutes Stückchen näher gekommen zu sein. „Ist es möglich, dass mir da ihre Frau die Türen öffnet, damit ich mich im Betrieb oder in der Belegschaft ohne Ärger umhören kann?", stellte Heinz König noch die abschließende Frage. „Das wird sich arrangieren lassen", versprach Felix.

Doris Hafner wurde in den Stand der bisherigen Erkenntnisse eingeweiht. „Kannst du dich an einen Fall erinnern, wo sich jemand in deinem Geschäft auf den Schlips getreten fühlte und wo man sich jetzt eventuell an uns rächen wollte?", stellte Felix die Frage an seine Frau. „So aus dem Stehgreif könnte ich das nicht sagen. Aber du weißt ja, sehr oft habe ich mit Personalangelegenheiten zu tun und muss unangenehme Dinge für meinen Chef erledigen. Da kann es schon sein, dass jemand auch mich als Feindbild in den Fokus nahm. Am besten wird sein, ich weihe meinen Chef in die unappetitliche Sache ein. Vielleicht sieht er aus seiner Sicht einen Fall. Dann habe ich auch die Möglichkeit die Genehmigung für Heinz König einzuholen, damit er im Unternehmen agieren kann und mehr Möglichkeiten hat, sich in der Belegschaft umzuhören. Eine Genehmigung dafür zu bekommen wird mir keine Schwierigkeiten bereiten, die werde ich schnellstens bei meinem Chef einholen." Damit war vorerst auch dieser Teil erst einmal abgehakt. Weitere Schritte konnten ohne Verzögerung und Umschweife getan werden.

11

Dem Täter auf der Spur

Die besprochenen Ideen wurden schnellstens umgesetzt. Doris Hafner sprach mit ihrem Chef Gerd Faller und informierte ihn umfassend, dabei vorerst noch um strikte Vertraulichkeit bittend, was vorgefallen war und welche Erkenntnisse man bisher durch die Detektiv-Recherchen gewinnen konnte. „Das ist ja unglaublich, wo kommen wir denn da hin, wenn da welche nach eigenem Gusto Selbstjustiz ausüben wollen." Der Chef war Entsetzt und gab seiner Mitarbeiterin freie Hand für die Aktivitäten des Detektivs im Unternehmen und er versprach, sich Gedanken zu machen und sich auch diskret bei den anderen Führungskräften einmal umzuhören, wer da möglicherweise seiner rechten Hand eins auszuwischen beabsichtigt hatte. „Wenn es sonst noch was zu tun gibt, auf meine Hilfe dürfen sie zählen", versprach er zudem.

Bei der Gelegenheit machte er seiner Mitarbeiterin außerdem den Vorschlag, von der Personalabteilung die Fälle heraussuchen und geben zu lassen, wo in der Vergangenheit Entlassungen oder Personalwechsel mit Dissonanzen erfolgt sind. „Das ist ein guter Vorschlag, Chef, ich danke ihnen. Vielleicht kommen wir auf diesem Wege ein Stück weiter", nahm Doris Hafner dankbar den Vorschlag auf.

Schnell lag die Liste von der Personalabteilung vor und da kristallisierten sich drei Personen heraus, deren Daten Doris dem

Detektiv übergab. Dieser stellte sofort seine Nachforschungen an und sah sich an den erhaltenen Adressen um. In einem Oberkircher Stadtteil fand er tatsächlich eine heiße Spur. Im Schuppen eines Anwesens entdeckte er Reste des bewussten Unkrautvernichtungsmittels, das genau dem entsprach, was als Ursache übel im Verdacht stand.

Sofort traf sich Heinz König mit Felix Hafner, zeigte ihm Fotos und Ergebnisse der heimlich entnommenen Proben. Das war Beweis genug, nun war es an der Zeit, wieder die Polizei einzuschalten und deren Maßnahmen zu aktivieren. Hafner gab jetzt den Beamten der Umweltpolizei, die ursprüngliche seine Anzeige aufgenommen hatten und in deren Händen die Sache zur Bearbeitung lag, die gewonnenen Ergebnisse und Erkenntnisse des Detektivs weiter und diese ordneten alsbald eine Hausdurchsuchung an.

Bei der Hausdurchsuchung stießen die Beamten auf Reste und Spuren das Atrazin, wobei der Hausbesitzer zur Herkunft keine plausiblen Angaben machen wollte. Schnell stellte sich aber heraus, er hatte das Mittel im Elsass beschafft und heimlich über die Grenze geschmuggelt. Anfangs leugnete der Mann vehement mit dem ihm vorgeworfenen Fall irgendetwas zu tun zu haben. Die Beamten nahmen den Mann vorläufig fest und führten ihn ab. Während den weiteren Vernehmungen in Offenburg verhedderte er sich immer mehr in Widersprüche. Die Beweislage war jedoch bald so erdrückend und der Verdächtige sah ein, weiteres Leugnen würde keinen Sinn mehr machen. Somit legte er schließlich ein umfassendes Geständnis ab.

„Für mich war die Ursache alleine mein Frust auf den Vorstand, wegen der fristlosen Entlassung auf Grund einer Lappalie", so begründete er die hinterhältige Tat. Und in dessen Schlepptau entwickelte er auch Ärger auf die Sekretärin, die das Entlassungsschreiben abgefasst und ihm persönlich übergeben hatte. „Der Überbringer schlechter Nachrichten wird geköpft", so hielten es schon die alten Griechen.

Da er in seinem Zorn keine Möglichkeit fand, dem Vorstand direkt am Kittel zu flicken oder ans Bein zu pinkeln, nahm er sich die Sekretärin vor, in der Absicht sich bei der Frau und an deren Besitz zu rächen. Schon beim Gedanken, wie er seine Rache umsetzt, fühlte er sich gleich besser. Im Dampf ablassen, sah er eine ausgleichende Gerechtigkeit.

Von einem Bekannten in Durbach wusste er, dass und wo die Familie Hafner einen Weinberg besitzt und sie den im Bioausbau betreiben. Das war sein Ansatz; ein gefundenes Fressen, „zwische-dunkel-un-sisch-mi-nit" (heimlich) das Herbizid in den Reben auszubringen. Mit dem Mittel kannte er sich aus.

Für seinen Anschlag hatte er eine ausreichende Menge Atrazin vorrätig und das ganze Zeug in zwei Nächten, während er im Vollmondlicht ausreichend gut sehen konnte, und ohne eine zusätzliche Lichtquelle zu gebrauchen, Zeile für Zeile ausgebracht: „Und da war ich nicht sparsam", gab er vollmundig zu.

Welche Auswirkungen das Mittel Atrazin haben kann, das wusste er noch genau von dem verheerenden Sandoz-Unfall [22]) im Jahre 1986, wo bei Löscharbeiten unter anderem 400 Liter dieses teuflischen Produktes in den Rhein geraten sind. Es löste im Fluss mit anderen Schadstoffen ein beispielloses Fischsterben aus. Alles organische Leben im Rhein wurde bis nach Köln vernichtet. An der Staustufe Iffezheim bei Baden-Baden – rund 150 Kilometer vom Unfallort entfernt – wurden große Container mit toten Aalen gefüllt. Fischer und Umweltschützer standen damals fassungslos und hilflos am Rheinufer, während sie zusehen mussten, wie tausende Aale geradezu panisch aus dem Wasser flüchteten, die Dämme hochkrochen und dort verendet sind.

---

[22]) https://de.wikipedia.org/wiki/Grossbrand_von_Schweizerhalle

Den Männern standen beim Anblick dieser beispiellosen Tragödie Tränen in den Augen. Das Teuflische an dem Mittel ist, es ist quasi im Wasser unlösbar.

Seine Aussage gab der Täter schließlich zögernd und widerwillig zu Protokoll, dann wurde er aus der Haft entlassen. „Er soll sich einen guten Rechtsanwalt nehmen, denn das Verfahren folgt, und da muss er sich wegen des Umweltfrevels erstens auf eine saftige Strafe und zweitens wegen Sachbeschädigung und deren Folgen auf eine dicke Schadenersatzklage einstellen.", gaben ihm die Beamten als guten Rat mit.

12

Dörfliche Solidarität

Der Täter war zur großen Erleichterung der Betroffenen überführt und hatte unter der Beweislast gestanden. Die vorliegenden Indizien waren zu eindeutig und erdrückend. Da nützten ihm weder Ausflüchte noch Ausreden oder mehr, mit denen er am Anfang versucht hatte, den Kopf noch aus der Schlingen zu ziehen. Schließlich gab er klein bei und machte „reinen Tisch."

Die Familie Hafner atmete erst einmal auf. „Der Verursacher ist ermittelt und gefasst, jetzt müssen wir sehen, wie es für uns weiter geht und wie wir wieder an unser Geld kommen." Heinz König, wie auch dem Büro Horch, dankten Doris und Felix Hafner für den professionellen und erfolgreichen Einsatz. Sie bestätigten dem Detektiv: „Sie haben einen exzellent hervorragenden Job gemacht. Ihnen verdanken wir, dass der Täter gefunden wurde und nun gefasst ist."

Die Rechnung dafür belief sich allerdings auf eine fünfstellige Summe, die Felix Hafner vorerst bezahlen oder vorstrecken musste. „Felix, ich weiß, dass Hans Armbruster – so hieß der Täter – ein Haus besitzt und er auch Reben hat", sagte Doris zu ihrem Mann. „Wie hoch der Wert des Hauses und wie groß die Gesamtflächen im Weinberg sind, das weiß ich allerdings nicht, aber wir sollten sofort Maßnahmen einleiten, um Schadenersatz zu bekommen und irgendwann an unser Geld." „Du hast recht", antwortete Felix: „Ich werde gleich unseren Rechtsanwalt beauftragen, dass er sich darum kümmern soll. Unabhängig von einem Urteil, das noch lange dauern kann, muss er ohne Verzögerung die nötigen Schritte einleiten und einen Titel beschaffen, sonst ist am Ende nichts mehr bei ihm übrig." Diese Sache einzuleiten kostete nur ein Telefonat.

Die Winzerkollegen aus dem Dorf waren entsetzt und empört, als sie nun hörten, was sich dort im Weinberg und vor ihrer Nase tatsächlich zugetragen hatte, und welche Ursachen für den erbärmlichen Zustand bei Hafners Reben verantwortlich vorliegen. „Ja wo kommen wir denn hin, wenn wir mit solchen Aktionen in unseren Anlagen rechnen müssen. Hoffen wir alle, dass so etwas nicht Schule macht. Da würden wir des Lebens ja nicht mehr froh. Was wäre, wenn alle Neider und Rachsüchtigen unliebsame Konkurrenten auf diese Art und Weise auszuschalten gedenken. Gar nicht auszumalen, welche materiellen Schäden und noch größere für die Umwelt durch so eine perfide boshafte Handlung entstehen können. Da könnten wir ja gleich das ganze Tal zuschütten", hörte man allenthalben entrüstet klagen und Wut kochte bei vielen Bürgern hoch oder Hass auf den Täter kam auf. Selbst das Offenburger Tageblatt veröffentlichte einen ausführlichen Bericht über die frevelhafte Tat.

Die Vorstandschaft der Winzergenossenschaft lud kurzfristig ihre Mitglieder zu einer außerordentlichen Sitzung ein und fast alle zeigten durch ihre Anwesenheit Solidarität mit den Hafners. Sicher, einige waren auch aus reiner Neugierde anwesend, in der Hoffnung, noch etwas mehr über den sonderbaren Fall zu erfahren, das tat der Wichtigkeit aber keinen Abbruch.

Spontan erklärten sich fast alle anwesenden Kollegen in der anberaumten Sondersitzung, bei der auch die Selbstvermarkter am Tisch saßen, zur Hilfe bereit. Man war sich schnell einig geworden, dem so hart Betroffenen und unschuldigen Kollegen bestmöglich beizustehen, soweit das in ihrer Macht stand und im Rahmen ihrer Möglichkeiten. Nachdem sie über den Vorfall umfassend und aus erster Hand durch Felix Hafner informiert waren und vom möglichen Umfang und den Konsequenzen des Schadens gehört hatten, waren sie doch schockiert. Allen war die Fassungslosigkeit anzumerken. „So etwas hat es doch noch nie bei uns gegeben", das war die einhellige Meinung in dieser Runde.

In dieser Sitzung erfuhren die Winzerkollegen auch: „Der Boden im betroffenen Gebiet ist so verseucht, dass darauf so nichts mehr gepflanzt werden kann. Da wird ein Bodenaustausch unerlässlich sein. Alleine für diese Aktion werden hunderttausend Euro nicht ausreichen, fürchte ich. Das Geld habe ich nicht so ohne weiteres und Schulden will und werde ich nicht machen. Die vor über drei Jahren gepflanzten Weinstöcke sind jedenfalls alle auch futsch. Die Anlage müsste ganz neu aufgebaut werden und da fehlt es mir fast an der Kraft und nötigen Energie", berichtete Felix Hafner bedrückt und mit belegter Stimme.

„Der Rechtsanwalt und besonders die Detektei haben mich schon eine Heidensumme Geld gekostet", resümierte er weiter. Ich habe zwar Rechtsanwalt Schilli beauftragt, Schadenersatzklage gegen den Täter einzuleiten und ich hoffe, dass der Vorgang nicht Jahre dauert und dass am Ende auch etwas Greifbares herauskommt. Wenn ich ein vollstreckbares Urteil in der Hand habe, dann kann der Gerichtsvollzieher auf die Grundstücke und das Haus des Täters zugreifen. Bis das versteigert wird, kann es unter Umständen lange dauern und so lange müsste ich alles vorfinanzieren. So wie ich die deutschen Gerichte kenne, vergehen meistens Jahre bis sich da etwas bewegt."

Nach kurzer Beratung im engeren Kreis kamen die versammelten Winzer zu dem Ergebnis: „Felix, wir sind eine Gemeinschaft und wir halten in der Not alle zusammen. Sicher ist zuerst ein kompletter Bodenaustausch sinnvoll und notwendig.

Wenn wir dies mit vereinter Man-Power tun und unter Einsatz unseres Maschinenparks, dann haben wir das an drei oder vier Samstagen hinter uns, wenn nicht unbekannte oder unerwartete Hindernisse auftreten."

„Im Hähnlesgraben gibt es derzeit genügend verwertbaren Grund und Boden", wusste der Schmälzle-Frieder, „und der ist für den Weinbau ideal geeignet, er entspricht genau unseren Böden, er ist eigentlich wie ein Klon. Wenn wir den hinterher auf die abgeräumten Flächen aufbringen und verteilen können, sind wir zehn Schritte weiter. Danach helfen wir dir in der frostfreien Zeit des Winters die Anlage neu aufzubauen und neue Stöcke einzubringen, wenn du inzwischen genug davon beschaffen konntest."

„Männer, ihr seid einfach Spitze", versicherte Felix mit Tränen in den Augen, und auch seiner Frau liefen sie über die Wangen. „Wir verlieren zwar durch diese dumme Sache vier Jahre, aber zum Glück müssen wir nicht vom Ertrag der Reben leben; wir haben auch so unser gutes Auskommen. Da freut mich besonders die vorbildliche Solidarität in unserer dörflichen Gemeinschaft und ich werde das zu würdigen wissen. Leute, wenn ich diesen Albtraum hinter mir habe, dann machen wir ein Fest, versprochen und die Hand drauf."

Nach dem offiziellen Teil ging keiner so schnell nach Hause, es wurde ein langer Abend und dafür eine kurze Nacht. Nebenbei ist dabei aus den Beständen der Durbacher Weine manches Fläschchen abhandengekommen.

13

Tatkräftige Hilfe

Nach dem Ende der Lese und als die neue Ernte bei allen Winzern im Keller war, der Saft schon munter in den Fässern blubbernd gärte, war es bei den Winzern etwas ruhiger geworden. Wieder waren sie mit dem eingefahrenen Jahrgang sehr zufrieden und jeder schwärmte von dem exzellenten Tröpfchen, das man hoffte, bald in die Flaschen zu bringen. „Da werden die Sterne wieder über Durbach leuchten", schwärmte der Laible, Xaver und strahle dabei über das ganze Gesicht.

Dann gingen Tatkräftige die Sache im Sinne der vereinbarten Gemeinschaftsaktion engagiert an. Zuerst wurden in einer Gemeinschaftsaktion die eingegangenen Rebstöcke mitsamt Drähten und Pfählen entfernt. Wieder hatte Felix Hafner seine bewährte Biergartengarnitur in den Weinberg geschafft, hielt heißen Glühwein, Tee und weitere Getränke bereit, sowie Würstchen mit frischem Bauernbrot. So war für den Durst und Hunger vorgesorgt, und in den Pausen griffen die hart arbeitenden Männer beherzt zu.

Nach zwei Tagen Einsatz war diese erste Maßnahme abgeschlossen. In den Monaten Januar und Februar wurde im weiteren Schritt mit starkem Gerät die verseuchte Erde Zentimetertief abgetragen, viele LKWs damit gefüllt, abgefahren und auf eine Sonderdeponie gebracht. Der Umfang der Arbeiten erfolgte in enger Abstimmung mit dem Landratsamt und der Umweltpolizei.

Der Weinbauberater hatte sich überdies dafür eingesetzt, dass die Entsorgungskosten vom Landratsamt übernommen oder vorerst verauslagt wurden, um die Kosten später vom Täter zu holen, wenn das noch möglich sein würde.

Jetzt kam allen zugute, dass die Anlage durch Felix Hafner von Anfang an in Terrassen angelegt worden war und der Erdabtrag und Austausch leichter bewerkstelligt werden konnte.

Die umfangreichen Arbeiten gingen schneller und reibungsloser vonstatten, als gedacht war, oder sie anfangs befürchtet und einkalkuliert hatten. Überall auf den abgeräumten Flächen wurden Bodenproben entnommen, um sicher zu sein, dass die Herbizide nicht noch tiefer eingedrungen waren und man noch mehr betroffenes Erdreich abtragen musste.

Nachdem das Landratsamt das Okay gegeben hatte, wurden an drei Samstagen Fuhre um Fuhre mit Erde aus dem Gewann Hähnlesgraben herbei gekarrt und durch Traktoren mittels Gabelschaufeln großflächig verteilt, das Gelände eingeebnet und modelliert. Das war eine Herkulessaufgabe. Hier war aber sofort erkennbar, dass aus früheren Umlegungsverfahren in den Weinbergen Fachleute am Werk waren, die es schon gewohnt waren, solch große Menge Erde zu bewegen und sauber auszubringen. Die beteiligten Männer arbeiteten wie die „Brunnebutzer", schaufelten, ebneten und füllten auf, bis das Gelände wieder perfekt aussah. Dabei kamen der Spaß und Witz auch nicht zu kurz, denn es war noch Winter, da tat zwischendurch ein Obstler gut und der wärmte nicht nur von Innen auf, er regte auch die Fantasie zur verbalen Spontanität an. Die arbeitende Truppe zeigte sich dabei als gutes, und erstaunlich eingespieltes Team und man sah: Diese Männer waren es gewohnt hart anzupacken.

In einer nächsten Aktion wurden neue Pfähle gesetzt, auch die inzwischen beschafften neuen Rebensetzlinge wurden Reihe für Reihe in den Boden gebracht und die Leitungen für die

Tropfwasserversorgung wieder Zeile für Zeile verlegt. Der Weinbauberater betrachtete sich am Ende genauestens das Ergebnis, war sehr zufrieden und bestätigte Felix: „Das sieht gut aus. In einem Jahr werde ich wieder Bodenproben entnehmen, ich denke aber, so wie ihr das gemacht habt, wird alles okay sein."

Die Helfer wurden im Weinberg während der Arbeit kulinarisch gut versorgt. Die körperlich anspruchsvolle Plagerei verlangte zwischendurch eine Pause und gierig nach ausreichendem Kaloriennachschub. Da wollte sich Felix Hafner keinesfalls lumpen lassen und schaffte immer genügend Essen und Getränken herbei.

Wochen nach dem geglückten Abschluss lud Felix Hafner alle zu einem Grillfest ein, und diesmal in den Garten seines Hauses. Hier bedankte er sich noch einmal bei den Helfern; „seinen Heinzelmännchen", wie er sagte: „Ich danke euch allen von Herzen. Die ganze Angelegenheit, das dürft ihr mir glauben, ist meiner Frau und mir sehr an die Nieren gegangen, da sind uns nicht nur ein paar, sondern büschelweise graue Haare gewachsen. Nachdem nun aber die Ursache bekannt ist und der Täter gefasst, schlafe ich wieder deutlich besser. Und, dass wir dann eine solche Hilfe und Solidarität von euch zu erfahren haben, das hat uns total begeistert. Ich bin sehr stolz, ein Durbacher Bürger zu sein und dazu noch ein Winzer, wenn auch nur ein Kleiner und rein im Nebenerwerb. Ich versichere, wenn irgendjemand auch einmal Hilfe brauchen sollte, der kann voll auf mich zählen."

„Felix, des war jezit e'langi Red', nu hesch gnug babbled" (das war eine lange Rede, jetzt hast du genug gesagt), rief einer aus der Runde der Anwesenden, „kumm, jezit welle'mr lieber ebbis esse und trinke un uff d'guede Aktion o'stoße; mr hebe eine, mie Gosch isch bigoscht scho gonz ustrocknet." (komm, jetzt wollen wir lieber auf die gelungene Aktion anstoßen und etwas essen und trinken, mein Mund ist schon ganz trocken).

Das wurde wieder ein langer Abend und eine kurze Nacht. Im Sinne der Sache war den Eheleuten Doris und Felix Hafner aber dieses Opfer wert. Im Nachhinein waren sie sich einig, diesen Lebensabschnitt mit schmerzlicher Tiefe und schwindelnden Höhen der Freude, wollten sie nicht mehr missen. „Das wird uns auf den Rest des Lebens geprägt haben", meinte Doris im Rückblick auf die nervenaufreibenden Wochen und Monate.

Blick auf gepflegte Weinberge und sanfte Höhenzüge

14

Das Urteil

Viele Monate später wurde Franz Armbruster in der Offenburger Gerichtsverhandlung wegen Sachbeschädigung und vorsätzlicher Umweltschädigung und anderer Delikte zu 4 Jahren Gefängnis ohne Bewährung verurteilt. Dazu wurde ihm auferlegt, für den Schaden und die Gerichtskosten aufzukommen. Die Strafverbüßung soll in der Justizvollzuganstalt Bruchsal erfolgen. Die bei der Gerichtsverhandlung anwesenden Durbacher Winzer drohten dem Verteilten: „Wenn du wieder herauskommst, dann holen wir dich mit Mistgabeln ab, du Drecksau."

Der Amtsgerichtsdirektor ermahnte streng die Zuhörer zur Sachlichkeit: „Wir leben in einem Rechtsstaat und da hat Selbstjustiz und Nachhaken nach Verbüßung einer Strafe keinen Platz." Die Anwesenden quittierten es mit Pfiffen, so sehr war ihnen dieser hinterhältige Anschlag auf ihr Dorf, ihre Profession als Winzer in einer einmaligen Bilderbuchlandschaft, in einer einzigartigen Lage, die so hochdekorierte Weine hervorzubringen vermag, an die Nieren gegangen. „Das kann man doch nicht durchgehen lassen und wehe, wenn sowas Nachahmer finden würde", hörte man die immer noch erbosten Stimmen auf den Fluren des Gerichts in der Offenburger Moltkestraße.

Sechs Monate später stand auch der Versteigerungstermin fest und war öffentlich bekannt gemacht worden. Das Haus von Armbruster und die dazu gehörenden landwirtschaftlichen Flächen fanden einen Käufer, der einen insgesamt akzeptablen Preis auf den Tisch legte. Aus dem Erlös wurden erstens dem Landratsamt die nicht geringen Entsorgungskosten für die abgetragene Erde und deren Entsorgung erstattet, zweitens die Gerichtskosten und die Geldstrafe, dann am Ende erhielt auch Felix Hafner etwa zwei Drittel seiner Kosten und der nicht unerheblichen Auslagen ersetzt. „Nicht alle meine Aufwendungen und verauslagten Kosten kamen wieder herein, aber insgesamt gesehen kann ich relativ zufrieden sein, dass wenigstens ein Großteil damit abgedeckt ist. Es hätte viel schlimmer kommen können", äußerte sich Felix hinterher.

„Erstens war es mir wichtiger, dass der Täter gefasst wurde. Das war nicht unbedingt selbstverständlich zu erwarten und nur dank des gewitzten Detektivs möglich geworden. Zweitens habe ich eine solche Solidarität der einheimischen Bevölkerung erlebt, die ich nie für möglich gehalten hätte, und das ist mir mehr wert wie alles Geld", gab Felix Hafner ehrlich zu. „Das ist gelebte Gemeinschaft, und drittens liegt in jedem Neuanfang auch eine neue Chance. Ich habe seit den Anfängen viel dazugelernt und konnte nun im zweiten Anlauf dies sogar noch verbessern und optimieren. Vielleicht sind die neuen Setzlinge noch besser, wie die ursprünglich gepflanzten, und sie bringen mir nach Jahren mehr Ertrag. Dann wird mir langfristig die Kasse besser klingen und mir oder meinen Nachkommen mit Zinsen meine Auslagen wieder hereinbringen. Ich will positiv nach vorne schauen."

Wieder war es ein willkommener Anlass, die Beteiligten, noch ein paar gute Freunde des Hauses und weitere willkommene Gäste zu einem zünftigen Grillfest in seinen Weinberg einzuladen. Viele sind gekommen und ein Fremder hätte gestaunt, wieviel Personen auf engstem Raum Platz finden und zünftig zu feiern in der Lage sind.

Der bewährte Schwenkgrill musste auch diesmal Schwerstarbeit leisten. Doch nicht alles hatte Felix Hafner diesmal aus der eigenen Kasse stemmen müssen. Eine örtliche Metzgerei hatte eine ansehnliche Menge an Steaks und Würsten gestiftet und die Winzergenossenschaft lieferte einige Kisten Durbacher Weine kostenlos dazu.

„Der Schwenkgrill hat sich schon lange bezahlt gemacht. Ich bin den Saarländern dankbar, dass sie mir einen Impuls gaben, so ein Stück nachzubauen. Was wird bei uns in den Baumärkten oft für ein Kruscht (Wertloses) angeboten", schwärmte Felix zwischendurch. „Die kriäge nur ä Badze Geld un des lodderige Zügs bringt nix" (Der Baumarkt verlangt eine Menge Geld und was geboten wird, taugt nichts), füge er an. „Jo, Felix, jezit wär des au gwschätzt" (ja, Felix, jetzt ist das auch gesagt), meinte der Joggerst-Frieder, „na den Prost", und die anderen stimmten hörbar zu.

Lange noch hörte man lautstarke Diskussionen und eifriges Gerede bis weit ins Tal schallen. Die Nacht wurde zum Tage, und nachdem auch der Letzte den Platz verlassen hatte und sich schwankend auf dem Heimweg befand, sein Heim angesteuert und das Bett gefunden hatte, dürfte mancher am folgenden Tag einen unangenehmen Begleiter an der Seite gespürt haben; einen veritablen Kater. Oder er hat sich beim Blick in den Spiegel erschrocken: „Dich kenn'i nit, mit dir will'i nix zu'dun hon" (dich kenne ich nicht, ich will mit dir nichts zu tun haben. „So isches nu au widder", sagt der Badener allgemein entspannt in so einer temporär unangenehmen Situation. „Alle gued!"

Leser-Information zu Walter W. Braun

Der Autor Jahrgang 1944, ist Kaufmann mit abgeschlossenem betriebswirtschaftlichem Studium. Bis zum Ruhestand war er als Handelsvertreter aktiv. Um dem Tag Sinn und Struktur zu geben, begann er Bücher zur eigenen Biografie oder Fiktionen zu unterschiedlichen Themen – teils mit realem Hintergrund – zu schreiben. Es ist ein Zeitvertreib und spannend, wie sich von der Idee, der Bogen zwischen fiktiver Geschichte hin zu einer schlüssigen Story entwickelt. Wichtig ist es dem Autor, dem Leser ohne große Schnörkel und literatursprachlichen Raffinessen, Unterhaltung zu bieten, oft ergänzt mit seiner subjektiven Meinung. Er will durch seine Erzählungen zudem Hintergrundwissen vermitteln, Hinweise auf landschaftliche oder historische und geschichtliche Besonderheiten geben und mit informativ bildhafter Darstellung an reale Plätze führen, wo sich die dargestellte Handlung abgespielt hat. Wenn es den Leser anregt sich selbst vom Handlungsort, den Schauplätzen, ein Bild zu machen, ist das Ziel erreicht.

www.schwarzwaldautor.de

Weiterlesen? Im Handel erhältliche Titel des Autors:
Alle Bücher sind kurzfristig bei BoD, Buecher.de (versandkostenfrei), Amazon und anderen im Internethandel, erhältlich, ebenso im örtlichen Buchhandel, sowie als E-Books.
Mehr: www.schwarzwaldautor.de

Leben ist Glück genug - Vom Schwarzwald zur Seefahrt bei der Marine
Paperback, 280 Seiten, 8 Farbbilder, ISBN 9-783-735-743-411
Aufwärts ist längst nicht oben
Paperback, 356 Seiten, 35 Farbseiten, ISBN 9-783-735-739-056
Top-Touren im Südwesten - für geübte und konditionsstarke Wanderer
Paperback, 160 Seiten, 45 Farbseiten, ISBN: 9-783-750-431-430
Zu Fuß dem Südwesten hautnah 111 Tipps und mehr – ein etwas anderer Wanderführer
Paperback, 260 Seiten, 46 Farbbilder, ISBN 9-783-738-628-814
Deutsch-Französische Liaison - C'est la vie
Paperback 116 Seiten, 13 Farbbilder, ISBN 9-783-739-223-629
Tod am Lisengrat - Eifersucht unter ungleichen Brüdern
Paperback, 116 Seiten, 2 Farbbilder, ISBN 9-783-734-752-551
Drama am Breithorn
Paperback, 108 Seiten, 6 Farbbilder, ISBN 9-783-734-765-131
Verschollen am Großvenediger - Hilflos in eisiger Sphäre
Paperback,156 Seiten, 11 Farbbilder, ISBN 9-783-738-645-484
Mord in Hintertux - Tatort Zillertal
Paperback 132 Seiten, 12 Farbbilder, ISBN 9-783-739-215-136
Der Spieler - Ein ungewöhnlicher Kriminalfall
Paperback, 132 Seite und 6 Farbbilder, ISBN 9-783-734-776-199
Zu fit für den Ruhestand - zu alt für einen Job
Paperback, 108 Seiten, 11 Farbbilder, ISBN 9-783-735-743-213
Im Banne des Moospfaff
Paperback, 120 Seiten, 10 Farbseiten, ISBN 9-783-741-226-601

Dunkel überm Eulenstein – Tatort Bühlerhöhe
Paperback, 144 Seiten, 12 Farbseiten, ISBN 9-783-741-299-490
Reflexion des Lebens in Lyrik und Prosa
Paperback, 140 Seiten, 23 Farbseiten, ISBN: 9-783-741-276-576
Resi's Gedichte und sonst nichts
Paperback, 144 Seiten, 8 Farbbilder, ISBN 9-783-734-771-965
Glauben ist einfach - oder einfach glauben
Paperback, 340 Seiten, 25 Farbseiten, ISBN 9-783-735-722-829
Lach mal wieder -
Eine Sammlung von 163 Liedern, Vorträgen und Sketchen
Paperback, 292 Seiten, 17 Farbbilder, ISBN 9-783-741-228-766
Über Grenzen gehen - Wenn einer eine Reise tut...
Paperback, 360 Seiten, 26 Farbseiten, ISBN 9-783-734-746-925
Mein Freund der Alkohol - Kritische Betrachtung eines ambivalenten Genussmittels
Paperback, 244 Seiten, 18 Farbseiten, ISBN 9-783-743-138-612
Der Eremit vom Wilden See - Ein entschlossener Aussteiger
Paperback, 252 Seiten, 29 Farbseiten, ISBN 9-783-744-856-829
Meine Rache ist Amok
Paperback, 236 Seiten, 5 Farbseiten, ISBN 9-783-749-453-061
Der Seppe-Michel vom Michaelishof - Eine Schwarzwald-Saga
Paperback, 304 Seiten, 23 Farbseiten, ISBN 9-783-746-026-308
Michaelishof Eine Tochter muss sich behaupten
Schwarzwald-Saga Teil 2
Paperback, 336 Seiten, 23 Farbseiten, ISBN 9-783-744-840-392
Gottes Wesen verstehen
Paperback, 256 Seiten, 12 Farbseiten, ISBN 9-783-751-972-734
Leben im Corona-Nebel
Paperback, 220 Seiten, 9 Farbbilder, ISBN 978-375-261-016-1
Der Blitzschutz-König
Paperback, 328 Seiten, 20 Farbseiten, ISBN 978-375-195-824-0